独角马 · 中篇轻读文库

独角马·中篇轻读文库

那一天

尹学芸

海峡出版发行集团 | 海峡文艺出版社

目录

那一天

...001...

鬼指根

...129...

那一天

零下七度。

她出来前特意问了下小度。小度小度，今天几度？智能屏里传出机器女声：零下七度，天寒注意保暖。她想了一下零下七度是什么概念，把穿好的旅游鞋脱掉换上长绒鞋，又在棉袄外边加了长款羽绒服。帽子、手套全部捂严实,走到院子里才发现忘了口罩,又开门回来了。

老方在屋里问:"忘带手机了?"

"那倒不会。"她说,"手机相当于银行卡,得结账呢。"

她用手机付账也是最近几个月的事,是被方适子逼的,说钱不干净,容易传染病毒。她费了好大的劲才学会简单的几个步骤,方适子急出了汗,说妈你咋这么笨啊。

"我不笨。这不学会了吗?"她分辩说。

灵燕战战兢兢地从温暖的室内走出来,只露出两只眼珠感受冷空气。可她很快发现,天气不像想象的那么冷。没有风,太阳稀薄透明。太阳像是起早了,有些昏昏然。她在两个楼间错位处朝那枚乌蒙蒙的软蛋注视。她已经很久没有直视它了。它的升起似乎与她毫无关联。这是 2022 年的最末一天,过了这一天,它将永久堕入黑暗。新一年的太阳比它清新明媚,它再也没理由出来。

"湮没于黑暗，就不要再有什么指望。"她踟蹰着往前走，明显弓着腰身，想几十年后的自己会这样走路。而眼下，自己该是几十年前父亲的年龄，她不由挺了下身板。

冰箱里就剩半棵白菜屁股，能做个醋熘白菜。二十天不出门，她把家里能做菜的东西都吃掉了——蘑菇、木耳、笋干、菜干。过去抽屉是满的，冰箱是满的，冷冻冷藏室都是满的。这二十天，就像地鼠一样每天打着小算盘，还是把各处储藏的地方吃得空空如也。她和老方两张嘴，何以能吃掉那么多？她很是不解。如果今天不去超市，还能再加顿白菜汤。就是把白菜帮煮烂，多加些调料。而过去，这些白菜帮是不吃的。老方腿部做了个手术，是小手术。膝盖划了十字刀，把骨头正了位。好不容易约了专家，单位也请好了假。做不做呢？老方一直犹豫。做。她鼓励。既然做，就要趁早。她开车把老方送到了医院，办好了住院手续。老方不放心地说："姥姥那里……你一个人行吗？"

"没啥不行的。"她佯装干脆地说。

她没想到父亲那么快就走了。是老方住院的第四天，手术后的第一天。她在傍晚被母亲叫去时，没能见着父亲最后一面。她俯下身去喊："爸，爸。你说句话，你说句话。"父亲已然了无声息。她抹了把眼睛看母亲，眼神里其实有埋怨，咋不早点喊我！但这话不会说出来，母亲凡事都克制，除非迫不得已。四目相对，都惶然无措，母亲先把目光移开了。父亲仰躺在床上，青黄色的脸颊塌陷，双目是永不再睁开的样子，闭紧的双唇上有枯干的死皮。她摸手、摸脚、摸胸口、摸鼻头，深邃的凉意一点一点浸透了骨头。其实父亲是温的，凉的是她自己。她"哒哒哒"敲着牙齿，抖动着嘴唇喊出的是"爸爸爸爸……"，父亲不应。父亲的脸愈发晦暗，就像生前日益深长的叹息，既无力，又无奈。

屋里的光线暗了下来，有灰尘在飘，携着细小的嗡嗡声。这是初始，后来很多天，她都能听到灰尘行走的声音，犹如蜂鸣。那声音一响，她就止不住发抖。母亲打开柜子去翻找东西，她知道，那些备而无用的长褂短袄终于有了用场。它们都是从老家带来的。她也灵醒了，先给方适子打电话，让她到姥姥家来。方适子敏感，一迭声地问怎么了怎么了。她踌躇了一下才说，不太好。女儿在山里的一所学校教书，才入职不久。"公共汽车还有半个小时才到站。""没关系。"她怕吓着女儿，"那就晚一点来。"她当时想，反正已经这样了，早一点晚一点又如何呢？父亲会理解的。母亲一件一件在摆弄衣服，沙发上很快拼出个人形。"给方波打电话了吗？"母亲问。灵燕说，方波在杭州出差，赶不回来。之所以说在杭州，是杭州风声正紧，母亲常看新闻，知道哪里有情况。老方住院的事她一直瞒着父母，否则他们会惦记得睡不着觉。腿部动手术，那还了得！她用脸盆打了热水，试试水温，不放心，又添加了些凉水，好像父亲还能感受水温。毛巾夹在腋下走向父亲，她嘴里说："来，我们干净干净。"

小时候父亲给她洗脸，总是这样说："一猫爪，二猫爪，小猫小猫洗脸啦……来，我们干净干净。"

父亲每天早晨给她打电话，接通后说一样的话："灵燕，你今天出得来吗？出不来也没关系，我们这边挺好的。吃的喝的都充裕，你不用惦记。"每天这样说，连情绪都不变。他是想以此来宽灵燕的心。其实是想得到确切消息——女儿能不能出来？得知灵燕的小区还没有解封，他就一心一意等。明天总会有希望。他们住得并不远，开车过去只需要十分钟。那个房子是灵燕住过的旧房，她搬了新居，把父母从乡下接了出来。"快了，快解封了。"灵燕总是这样说。开始是父亲需要隔离，后来是自己需要隔离。小区的门口安了挡板，人们像瞧戏一样伸着脖子朝外看。外边其实没啥好看的，一条横向路，对面依次是蔬菜店、水果店、饭店、理疗店、擦鞋店，无一例外关着门。只有大药房门口放着一只小桌子，穿着白衣服的小人儿在里面端坐，就像庙里的灵公。灵燕那天也借机去外边放风，站在高坡上，突然看到了一只手推着自行车的父亲，站在大门口正中央，踮着脚往小区内张望。他来这里探究竟了。灵燕想。难怪今天没有打电话。灵燕把手机从棉袄兜里拿了出来，又放了回去。父亲没有跟她打招呼，说明父亲不想让她知道他来这里。那就假装不知道吧。风把父亲的白发撩了起来，有一撮像灵犀一样在脑顶摆动。她甚至看到了父亲抹了把鼻涕，蹭到了鞋底上。灵燕心里很急，嘴里说，快回家吧，天这样冷，来这里干啥。看与不看还不一个样？但她知道对父亲不一样，哪怕是看见了小区的遮挡板，也像看到了女儿，否则何苦在风中停留。父亲终于决定走了，他扭转了车把，骑上了自行车，很快就被树木和公共汽车遮挡了。公共汽车上空无一人，一拱一拱地往前走，红色的广告招贴亦步亦趋跟着它。灵燕估算父亲应该到家了，才把电话打了过去。

"最近没有骑自行车吧？记住千万不要

骑，路上车多危险。你都快八十了嗳。"灵燕嘱咐。

"没骑，没骑。"父亲撒谎，唯恐女儿为他操心，"又不走远路，骑车干啥。"

她一直不接受父亲已经走了的这个事实。脑子一静下来，灰尘就在里面带着风声穿行。

二

超市就在小区西南角。出来之前，灵燕在纸上写了所需物品，用手机拍了照片。还特意问老方，你有啥需要捎带的吗？没有。老方瓮声说。他是手术后一周出的院，出院那天父亲过了头七。也是在那天，所有的小区都解封了。灵燕去医院接他，上车以后老方第一句便问："姥姥、姥爷都没事吧？""没事。"灵燕答。她打定主意安顿好了再告诉老方。眼下又过了二十几天，他已经能拄拐下地了，只是腿上打着绷带，像个伤兵。灵燕还是没有告诉他父亲的事。灵燕有些说不出口。六月份公公去世了，老方吃饭的时候愣神，灵燕说，你这回成孤儿了。老方一下子就笑了。人生就是生老病死，走过一截就少一截。这就像爬坡，爬到顶就彻底休息了。要不然呢？他们经常说起这些事，不碍口。但父亲似乎不一样。适子一直在学校值班，那个学校教职员工少，逮着年轻人就不放手，就像不使白不使。太久没有进商场，需要买的东西太多了。灵燕提醒自己，在人少的区域活动，拣紧要的买，买完赶紧回家。她走几步就喘得厉害，心脏跳得像只遭了惊吓的兔子。她是老方出院的那个晚上开始发烧的。老方烧，她也烧。只要老方不是腿部感染引起并发症，她就能忍。她和老方就是这样约定的。他们挨过了那几天的担惊受怕。除了脸小一圈，没啥损失。还有就是心脏擂鼓样地跳，似在提醒它的存在。朱灵燕走到了马路牙子上，小区里车满为患，病毒肆虐的时节，大家都减少了外出。仿佛世界就是属于汽车的，只要有空当，准有一辆车横亘。那些五花八门的车标让朱灵燕目不暇接，她总是企图认识那些眼生的，记忆库里却没有储存相应的资料，这让灵燕颇觉得不甘。"它们会不会……只是玩具？"想法骤然晃过，她茫然四顾，砖红色的楼体有些倾斜。那些枯树是永生的模样。几只寒鸦从树梢飞过，"哑"的一声叫，她险些撞着那一脑袋白头发。他抬起头，吓了她一跳。是一张酷似父亲的脸——八字眉，单眼皮，厚嘴唇，鼻峰有些料峭。这样的鼻子鲜见，是太突兀了。她错愕的瞬间，他侧身而过，颠着小步往前走，他并没有被打扰。她却跌下了马路牙子，魂都失了。

她缓缓靠在一辆车的车头，手触到了冰冷的车体，像是被烫着了，身上一抖，急忙把手缩到了袖筒里。天蓝得有些虚妄，太阳升高了些，一副惨白相，似是在追逐着她走。只是并没有增加多少暖意，空气似乎冷凝了，她的鼻孔里增加了黏度。这才发现，口罩兜在了下巴上。她把口罩戴好，吸一口气，口罩便紧贴在鼻孔上，人都要窒息了似的呼吸艰难。

我是不是在做梦？

　　她拿出了手机，想给谁打个电话。那种想要倾诉的欲望突如其来。看似与惊吓有关，其实并无关联。她心里积郁了些东西，想找个人说说。只是不知道打给谁。你没事凭啥打扰人？人家会不会以为你是神经病？手指在手机屏上快速滑动，脑子里也在密集搜索。老方，适子，左邻右舍，一干同事，亲戚朋友？好像没别人了。她越翻越泄气。关键是，很多名字稀奇古怪，当初存的时候自以为知道他是谁，时过境迁，连影子都没留下。他们静默地藏在她手机里，从没出来打声招呼。突然有个名字跳了出来，她有些吃惊地端详，接着脸上的笑纹像涟漪一样漾出来——她居然存了郭久梅的电话。

　　她端详了片刻，用指甲去抚摸那个名字，心里有些异样。前边是个垃圾箱，绿色的箱体上是顶黄帽子，中间画了颗小草莓。垃圾箱都这样讲究了。她小心地走过了它，站在一棵通体精光的白蜡树下，站好了身形。

　　办公室里的常青藤长着碧绿的叶子。房间

调到了二十五度，这让植物恍惚觉得到了生长的季节。它们拼命攀爬，从书架顶端一直爬到了门框上，利用那一厘米的凸起，稳固了身形。她把垂下的叶子修剪了一下，才不妨碍开门、关门。几片叶子丢进了硕大的花盆中，她接通了那个电话。"朱……灵燕？"她有些意外地嚷。她没存她的电话，没想到她还存着她的。"你怎么……"不容她问话，朱灵燕就绵密地问了许多问题。你还好吗？你在哪？你单位在哪？你方便说话吗？你方便……见客吗？

这似乎不是那个性子绵软、没有主见的朱家灵燕。虽然声音还是那么焦脆，但似乎少了……灵魂。想到"灵魂"两个字，郭久梅无声地笑了。她越发喜欢用这些大词，似乎是一种无言的加持，相跟着心情愉悦。这个电话太是时候了，她一个人值班，刚好无聊，刚好修剪完常青藤的枝杈，让它们能在墙壁上稳固身形。那些多余的枝杈消耗了太多的养分，她早就想修剪它们。她甚至没留神它们已经爬到了门框上。生命多么神奇！她只是在它干燥的时候喂一点水，它居然就可以这样蓬勃！她隐隐有些感动。修剪后的常青藤越发精神健硕，就像男人由满头长发陡然推了小平头，是种难以言说的新奇和改变。当年侯红贵就是留长发的人，久梅说不喜欢长头发，再见面，他就理成了小平头。他们确定关系就在那一刻，久梅觉得，一个男人能为自己改变，终身就值得托付。

谁知道呢？

她信步踱到了窗前。偌大的院子里空空落落，只有寥寥的几辆车。若是工作日，这里一个空闲车位也不会有。越是年轻人，越是开好车。院子里一片波光潋滟，像阳光反射下的湖水。她原本可以不值班，可办公室的小孩是河北人，管控放开，她河北的娘来了。郭久梅处长大剌剌地说，在家陪娘吧，不用来值班了。值班其实也没事情，不像前一段，要提防明察暗访，要报各种表格，要守着电脑查看往来信息。上传，下达，像战时那样紧张。就因为走出了那段危险期，久梅才想让那个小孩歇一天。她经常翘班让小孩一人值守，单位离家近，若遇有人查岗，就说她回家吃药了……中年女性，这都是可以说得出的理由。此时她又有些后悔。如果小孩在，就可以给客人沏茶倒水。这很重要。尤其是面对朱灵燕，自己倒和别人倒是有区别的……既然她不在，也就算了。她没想到朱灵燕要来见她。"她一定有事。"她心里嘟囔，这样一个多事之冬，没事为啥来找自己？

只是，她会有啥事？

院子里迟迟没有车辆出现。她隔一会儿就朝玻璃窗外探下头。心里琢磨她变成了什么样。她们已经十多年没见着了。年轻的时候回娘家能见到，后来灵燕的父母搬进了城市。这在罕村很轰动。朱家只有灵燕一个孩子，这很关键。久梅的妈扭着肥大的身子说，我生了七个，都不如灵燕妈生一个。她非常羡慕人家能进城。可这样的事情久梅说了不算，她不能抢哥哥们的责任。"龙多四靠，就是龙多四靠。"久梅妈对她的七个儿女很不满，觉得他们没有一个肯把她接到城里。"灵燕一个星期就回来一趟，比表字儿都走得准。你们谁做得到？"久梅说，在机关工作忙，节假日都不休，哪像她在厂里可以正常休假。久梅妈说，灵燕的厂里总发东西，牛肉那样大一块，羊肉那样大一块，入秋发时令水果，过年发糕点，灵燕统统拿家来。灵燕妈说吃不了，灵燕说，您给姥姥家送去。"没见过灵燕这么好的孩子，顾家。"久梅妈唠叨这些，满脸都是不屑和幽怨，她越老越觉得生了七个儿女吃了太多的苦，却一个比一个没用。不像年轻的时候，觉得是荣耀。"家里深宅大院，住着多痛快。城里都是鸽子窝，有什么好。"久梅嘟囔。久梅妈抢白道："家里好，咋不见你们回来住？一个一个年节才回来，摩挲下嘴头就走。"这话不差，家里就像客栈，儿女都是走马灯。停一停可以，但不久留。久留谁也受不了。说不清这是为什么，家里就是这样的空气。妈跟儿子这样，跟闺女这样，兄弟姐妹之间也这样，好像基因中少一根弦，缺乏有效链接。久梅每次回家都能碰到灵燕，她抱着孩子，或出来抱柴火。长头发也不打理，像披一肩膀鬃毛。她们很少往一起走。只是远远喊一声，打个招呼。她们从亲密无间，变成了只需打个招呼的人，甚至不需要理由。久梅对她的兄弟姐妹说，妈不是多想到城里来，她只是愿意跟人家比。觉得一比就把自己比下去了。她是身在福中不知福。灵燕发的那点东西算什么，我们带回的这些瓶瓶罐罐，随便一个都比那堆肉值钱。

"乡下人不知道什么是好的。"她说。

她这间办公室是整幢大楼的中心部位，四楼，居高临下，院落尽收眼底。太阳白晃晃，有普照的意思，院子里没有任何阴影。过去曾有两棵树，不知被移哪里去了，多出两个车位比什么都重要。这年头，没有比车位更重要的事情了。水泥地砖上画着一排长方格子。这些车位长宽各是多少，郭久梅一直很纳闷，不知道是参照什么车型定的标准，但特别像小时候跳房子画的格子。想起跳房子，她就想起了朱灵燕笨手笨脚的样子。她总是跳不远，蹦不高。"你哪里是灵燕，纯粹是拙燕、笨燕！"久梅无论怎样骂灵燕，她也不恼，汗水把额上的头发粘在了一起，她用手背一抹，小脸像抹了胭脂一样通红。她相信苦练就能像郭久梅一样轻灵，不单跳得远，还能蹦得高。运动比赛，在地上画一个圆圈，郭久梅一只脚不动，能踢700个毽子，鸡毛毽子就像长在了她的脚上。朱灵燕充其量能踢38个，就38个。老师都无奈，说朱灵燕，你咋这么笨啊！谁都不愿意跟你一组，你说咋办啊？

三

楼道里响起了脚步声。郭久梅拿起一只玻璃杯开了门，说我正在给你烫杯子，然后想下楼接你，你没开车过来？

"我打车来的。"朱灵燕龇牙一笑，棉花包一样挪进了房门。"我不会开车。像我这么笨的人……"她抬头这才看了眼郭久梅，有些难以置信，"久梅是你吗？你吃长生不老药了？"

久梅拥抱了朱灵燕，在她的耳边说了句："我好想你啊！"

"亲爱的，我也想你。"朱灵燕踮起脚尖，努力伸长脖子跟她蹭了下，感受到了她的皮肤像婴儿的皮肤那么细嫩。她情不自禁摸了下自己的脸，像苹果那样凉，但也像苹果那样润滑。"你不只细嫩，久梅你返老还童了。"灵燕说。久梅也仔细细打量她，她的长头发从颈后披散到前胸，曲曲弯弯的蓬勃，像爆炸开的一簇烟花。郭久梅不由看了一眼常青藤，觉得它们有点异曲同工。

郭久梅泡茶。朱灵燕在房间里巡视。"还是坐机关好。"她说，"你们单位多干净啊，一进门厅，雪白的墙上镶嵌着绿色的字——创新、协调、绿色、开放、共享。嘻嘻，知道我们一进车间先看到什么吗？安全第一，生命至上。"她抿嘴笑了笑，"书柜里还有这么多的书。上班就是看书，想想就美。"

"工厂也好。"郭久梅说，"工厂产生效益，机关就会花钱。"

"但花钱的比赚钱的过得好。"朱灵燕说。

"好啥好，都是那点死工资。"郭久梅敷衍。

"公务员呐！"朱灵燕感叹了一声，包含了万千言语。

"那是你不了解公务员。"郭久梅淡淡地回应，"既无聊，也无趣。"

"这话倒是真的。"朱灵燕接了这话，说完就觉得嘴太快了。人家万一只是客气呢？

郭久梅洗茶，又重新泡好，嘴里说："都以为茶干净，其实茶是最不干净的。风吹日晒，农药残留。很多人不知道洗茶，就那样直接喝，这是不对的。"

"我就直接喝。"朱灵燕说，"我们忙起来连泡茶的工夫都没有，工厂里都那样……你啥时变得那样讲究了？"

"这不是讲究，"郭久梅说，"这是讲卫生。"

"对对对，这是讲卫生。久梅你就是比我强，我做事总是稀里马虎。"

她脱下羽绒服放在椅子上。稍一思忖，抱

到了外侧的沙发上。她想坐得离郭久梅近些。她就是这样打算的。

"我们小时候多要好啊。"她感叹。

"我们现在也要好。"郭久梅说。

"就是就是。"朱灵燕赶紧应，这话她也爱听，"虽然不常见面，但我很想你。"

不自觉地，朱灵燕就有些扒心扒肝。她定定地看向郭久梅，脸上全都是羞怯的笑。对面是一只方桌，叠放的报纸足有两尺高，像用刀裁过的那样整齐。一杯水递到朱灵燕的手里，她凑鼻子底下闻，香气氤氲。茶汤上漂着碧绿的几枚叶片。有些烫，朱灵燕放到了一旁的茶几上。朱灵燕说，这屋里太热了。"是中央空调吧，多费电哪。"她说，"对了，你们机关不讲效益。不过这温度真不错，可以光穿毛衣……我这辈子没这命了。还有那样多的报纸，每天都能看看报纸，这是神仙过的日子啊……回头我能拿些回家吗？摘菜、铺柜子都用得着。"

"瞧你那没见过世面的样子。"郭久梅开

玩笑，"都给你。"

"我就是没见过世面……多了也没用，要几张就行。"朱灵燕像小时候跟大人要糖果一样撒娇。

"放在我这里也没人看。"

"叠得这样整齐……为啥不看呢？"

"哪有时间。"

"看你们挺闲啊，这样好的办公条件。"

"闲只是表面……就是看报纸没时间。"她抽出一张柔软的纸巾抹水渍，那桌子已经很光亮了，她还是擦呀擦。白净的手指用力摁住那纸，指甲都充血了。

朱灵燕又起了羡慕心。她说工人可没这待遇，一年到头看不到有字的纸。过去车间里有几本烂杂志，模特的裙子都被数出了多少道褶。大家把杂志藏在工具箱里，还是被检查人员收走了。"你真是有品位啊久梅，冬天还穿裙子。"她看了看自己的腿，"我就是牛仔裤，一条又一条，一年四季穿。天生的劳动人民。"她自嘲地笑。

薄呢裙是郭久梅的标配。各色裙子她有一柜子。郭久梅淡定地坐在办公桌前，含笑看着朱灵燕。那神情有点像大人看小孩。她似乎过得不差，还养那样长的头发，发质还那样好。她小时候是卷毛羊，没少被气得哭鼻子。但羽绒服是普通牌子，棉袄是家居服。长绒鞋一看就是超市买的。脸上大概就擦了一层油，不过她的皮肤真不错，还有光泽；眼睛也不错，有点水汪汪。

"说，到底有什么事？"她很好奇。

这话在心里冲撞了下，却并没有说出来。她不习惯朱灵燕的快言快语，也提醒自己出言要谨慎。自从老侯当了局长，经常有人为这事那事找上门来。有些事情简直不可理喻，村里有个人来为老人要待遇，说老人曾经当过地下工作者，为共产党送情报，遭了鬼子毒打，解放后一直没说法。"他最近总给我托梦。"那人说，"久梅的对象当局长了，快去找找他，他兴许有办法。"

"罕村，你们罕村……"老侯摇着一根指

头笑，好像罕村尽是可笑之人。

朱灵燕挪蹭了下，在椅子上坐舒服，捧起茶来喝了一口。"阳过了吗？"她问。

两人几乎一起答："阳过了。"然后哈哈大笑。

"闺女呢？"灵燕问。

"在英国留学。"

"比我们有出息。"灵燕说。

灵燕以为久梅也会问起方适子，女儿拿了教师资格证是荣耀，但郭久梅没问。因为举家都搬到了城里，她家的信息罕村人并不知道。也许，是没人关心。

难道，父亲的事也没人知道？

"老侯……你们对象是姓侯吧？还当副局长吗？"

"他调到了行政局，快两年了。"

"当局长了？"

"这年头，当啥也没那么多权力，都要按规则走。"

"我们方波就会跑业务，一年到头难得有

假。要不是腿上做了个小手术……"

"你胖了。"郭久梅截断了她的话。她不愿意听朱灵燕谈家长里短。

"你白了。"朱灵燕赶紧跟着转过来。

郭久梅拍了拍脸："是老了。"

"一点都不见老。"朱灵燕说，"你看上去就像年轻五岁的。真的，坐机关的人都不显老。"她努力把话说得动听。

郭久梅偏头看了眼窗外，嘴角下意识地朝上翘了下。她利用年假整了下脸，眉毛开缝，眼皮上提。耳朵后边割了一道半尺长的口子，抽去筋膜，皮肤足足拽出去两厘米。那是脸皮呀，割下来放到玻璃板上，看上去特别怪异。谁能看见自己脸皮揭下来的样子呢？你不做医美永远不知道。她过去就是皮肤松。她长得不差，就是皮肤松。小时候跟同学一起玩，别人都像小孩子，就她像大人。经常被人问，你是高中生吧，咋跟小学生在一起？

她长了张成人的脸，也长了颗成人的心。朱灵燕的妈经常说，你被久梅卖了还得帮她数钱。朱灵燕嘻嘻地笑，说她不会卖我，她需要我给她当跟班呢。

郭久梅走到哪里，朱灵燕跟到哪里。更小一些的时候，灵燕从家里偷白面饼，久梅在墙角眼巴巴地等。为了防家贼，灵燕妈拿着芭蕉扇在堂屋门口守着，连午觉也不睡。但灵燕有的是办法，她从门缝盯着妈打盹，然后走后门，翻墙。

"你家为啥总没有细粮吃？"灵燕那时真不懂。

"我们家多少人，你们家多少人？我妈生了七个，你妈就生一个。你全村数数看，哪有一个孩子的人家？偏是你们家狗长犄角洋相……你妈为啥就生你一个？"

灵燕眨巴眨巴眼，这样大的事她居然从没入过脑子。"还能为啥，为了能随便吃白面饼。"这是妈给的想法，后来变成了灵燕自己的。她觉得，妈非常高明。为了能让她多吃白面饼，情愿少生。这想法非常是个想法。

参加工作以后，灵燕经常为这想法心跳。

母亲总说随你爸，这也随你爸，那也随你爸。
居然不让她吃樱桃，说吃樱桃过敏，因为她爸
过敏，差一点丢了性命。那种水灵灵、红艳艳，
让灵燕馋了很多年。她从小到大都不知道樱桃
是啥滋味。有一次厂里发樱桃，厂医说，我就
在这里，给你准备了抗过敏药，你吃一个试试，
只吃一个。结果灵燕吃得停不下来，嘴里说，
这样解馋，死了都不冤枉。可就是……她没过
敏。还有很多类似的事，母亲总挂嘴边上，让
灵燕起了疑心。这点疑心若隐若现，若即若离。
从没成为心事，也没成为负担。但时间抻扯得
越长，灵燕越觉得是个问题。只是没想到父亲
突然就走了，一句话也没交代……这让灵燕陡
然有了幻灭感。她一直酝酿这样一种机会，母
亲去了姥姥家，家里只她和父亲两个人，喝着
酒，唠着家常，把这问题不经意间提出来，看
父亲怎样应答。或父亲在某一时刻把她叫到床
前，交代她的身世。像电影里演的那样。这样
的戏码在她脑子里反复上演，没想到机会永远
失去了。"我出生时多重？"有一次她问父亲。

没想到父亲会陷入沉思。"没有多重。"父亲回答得毫无概念，哪怕说一句生下来就是个胖丫头也好啊。

"这世界上会有一模一样的两个人吗？"想起小区里碰到的那个人，相像得甚至能到吓人的程度，灵燕觉得这是命运在暗示自己。她预备拿这话当引子，不动声色地套出久梅的话。久梅的妈——那位胖大娘——也许会知道些什么。罕村合力只瞒住她一个。罕村有齐心合力的传统。她打小就是心直口快的人。那得分什么事。

2022 年的最末一天，经过了三年疫情，每人都饱受了煎熬之苦。人与人之间应该再没有什么秘密，所有的真相都应该大白于天下。人类已经多灾多难，没必要再为秘密所累。灵燕最近经常思考这样的大问题。如果父亲活着，她会径直把事情问出口。这有什么呢。"我是你亲生的吗？"亲生不亲生都没那么重要，不影响我们做父女。来生还做父女。我会努力寻找你们，哪怕你们远在天涯海角，我也要做你们的乖乖女。小时候父母把四只手臂搭在一起，给她坐摇摇椅。他们需要横着走，才能让这只"椅子"平稳。这样的待遇，郭久梅永远没享受过。

我只想弄清楚，没别的意思。只是，这样的话她独不敢问母亲，怕要了她的命。

四

郭久梅的心思都在自己这张脸上。她是偷偷申请的医院，没敢让老侯知道。那时外面疫情正严重，她还敢做这样的手术，得有一颗赴死的心。但她也有自己的考量。这样的时节医院里患者少，只要联系好可靠的医生，可以做得神不知鬼不觉。人也容易隐匿，只要说自己是"密接"，甚至都不用请假。自从老侯调到行政局当一把手，她心里的那种变化越来越微妙。遇到行政局的人，她会不动声色地打听，办公室几个人？有没有年轻漂亮的女孩？她们都有些什么爱好？她的小本子上甚至记下了这些女孩的名字，得着空就敲打一下侯红贵。这个怎么样？那个怎么样？老侯起初本能地反应一下，你咋认识她们？但知妻莫如夫，两三次以后就清楚了她的司马昭之心。老侯也不动声色，把办公室的女孩夸得像一朵花。长得好，办事漂亮。智商高情商也高。这不是开玩笑，老侯夸得一本正经。郭久梅一口老气堵到胸口，半天舒不出来。她知道老侯是故意气自己。"当官发财死老婆"，他大概巴不得把自己气死。她恨恨地想。

老侯反对她整脸。"你退休以后换个脑袋我也不管，但在职的时候消停点。"老侯说这话时不是商量，而是用嘲讽的语气提出要求，就像对下属提出要求一样。他面无表情斜靠在沙发上，吐出满口的烟，烟灰落到沙发上也不管。他那一区域烟雾笼罩，人如同幻影。郭久梅也是有个性的人，少有人能束缚她，老侯也不行。年轻的时候老侯就斥她不听话。郭久梅很是不屑。追我的时候你听我的！再者说，都是国家干部，我又不比你挣的工资少，凭啥听你的？她医美回来住闺蜜家，脸上消肿了才回来。老侯瞥了她一眼，什么也没说。满意，还是不满意？这成了郭久梅的心病。答案就在他嘴里，他不说，她也不问。可以忍着不问，却忍不住心心念念。她整脸为了谁，还用说吗？眼下却是有了答案。灵燕似乎没看出她整脸，那就证明改变没那么大。既然不那么明显，自己就完全可以在老侯面前理直气壮。"年轻五岁"这样的话有些扎心，对不起她受的那些疼。但一转念，快乐就如滔滔洪水。灵燕看不出来，就证明整形是成功的。至于年轻多少，就她那双大而无神的眼，能看出什么。

她把眼神瞄过来，充满了审视、挑剔甚至挑衅。还是得承认，灵燕鼓鼓的眼神扑闪，有年轻时的韵味。热切过后其实是漫不经心。灵燕没有用心看她，也没有用心说话，这显而易见。瞧她还假装看别处，其实眼神是散的。没咋聚焦过她的脸。难道是因为不忍直视？看出来了装没看出来？她是有心机的，不像表面那样胸无城府。她居然说年轻五岁，难道是在暗讽？否则她凭啥这样说？

如果老侯也是这样的心态，那就离世界末日不远了。她顶受不了他那半死不活的样子。

"就是想跟你说说话。"朱灵燕喝了一口茶，蹙了一下鼻子说，"真香，我一辈子都没喝过这么好的茶，谢谢你久梅。我一直都想跟你说说话，一直，真的。我们有多少年没见面了？"

灵燕笑意盈盈，但显然是在说假话。她在努力说假话。

"记不得了。"她嘴里虚着应，胃里却一阵痉挛。如果闭上眼睛，甚至听不出这是灵燕现在的声音还是年轻时候的声音，除了多长了些肉，她与年轻时候相比委实变化不大。连说话的口气都没变。从久梅的角度看，她们所有的情谊结束在高考那一年，从估分开始，久梅比灵燕多估了 60 分。灵燕整天哭丧着脸，说自己没考好。久梅家却喜气洋洋。胖大娘里出外进说自己家要出大学生了。出门碰见灵燕妈，胖大娘响声大气说，你家就一个闺女，考不上大学没啥要紧。留身边在村里找个婆家才好照

顾你们。不像我们家，送出去三个五个，家里
还有人。结果分数出来，灵燕比久梅高出60分。
命运就是这样残酷。哪怕多一分或少一分，久
梅也不会觉得那样受辱，灵燕受煎熬的程度也
许就轻些。灵燕够了本科线，久梅却只能上中
专。灵燕临走找久梅告别，到处也找不见她。
灵燕知道久梅在躲她，可灵燕就是想告诉她，
自己真没想到会考这样多的分，一定是判卷老
师弄错了。久梅不知道灵燕比她还觉得没脸见
人，这样辜负朋友的事，哪是她朱灵燕能够做
出的！那段时间真是天增岁月，人增皱纹，久
梅痛恨得咬牙切齿。她觉得灵燕一直在伪装，
充分利用了大家对她的信任，骗过了所有的
人。她就是想制造出其不意的效果，让久梅一
家难堪。胖大娘在街上发牢骚，说分高也不一
定是好来的，仿佛灵燕能偷能抢一样。郭家再
不愿意也改变不了高考结果，眼睁睁看着朱灵
燕飞出了那个老屋。参加工作这么多年，她们
在不大的埙城总共见了三次面。有次在街上偶
遇，彼此留了电话，但从没有过联系。这次源

于灵燕的一闪念,跑久梅单位来了。久梅正是心绪复杂的阶段,她不来,久梅也心绪复杂。她一来,久梅就更心绪复杂了。久梅端起了自己的保温杯。那杯子酒红色,里面泡了几味贵重的中药,她把中药当茶喝,这一点是跟老侯学的。私下里老侯有自己的保健医生。她不喜欢这味道,但为了一些什么缘故,必须喝。生活就是这样五味杂陈,久梅把那些元素都泡进了水里。

"我一早起来就想上超市。走半路上,突然想起了你,直接跑过来了。这大概算新冠后遗症吧?我半辈子都没开过小差。"灵燕佯装轻松。

"有话就直说吧。"久梅重重放下了杯子。这话当然没有说出来,但动作和神情都在为这句话做注释。她觉得灵燕在拐弯抹角。她不喜欢有人在面前演戏。

灵燕怔了一下,她察觉到了这一点,脸孔讪讪地有些灰。久梅觉察了她的察觉,心底也生出了几分尴尬。她起身给她倒水。灵燕慌忙想去抢壶，却没有抢到。朱灵燕开玩笑说："郭处长给我倒水，好大的荣光啊。"

"德性。"郭久梅终于笑了笑，"你啥时变得这样刻薄了。"

"灵燕也在进步啊。"这话从嘴里说出，久梅的笑脸陡然不见了。

话题是一点一点嵌入的。朱灵燕发现，自己来找郭久梅不是个好选择。母亲很少跟罕村的人联系，但总有一两个，时不时通一下消息。而郭久梅家人和亲戚在罕村众多，朱灵燕突然感觉到了不安，话从自己嘴里说出，转眼就能形成风潮。朱灵燕问起胖大娘，得知胖大娘身体无比康健，一个人能种二亩地，每天一条街的人都去家里串门。朱灵燕后背毛茸茸，简直要冒冷汗了。她庆幸还没把话说出口，如果自己打听身世这样的话传给母亲，怕真要出人命了。郭久梅终于问起了大叔大婶，即朱灵燕的父母。他们那么早进了城，每天都干些什么？郭久梅是起了好奇心。灵燕心头突然一涌，眼泪夺眶而出。久梅脸上现出吃惊的神情，但愈发不敢问。她抽了纸巾给灵燕，顺带拍了下她的肩。灵燕的泪水充沛丰盈，很快就把纸巾打湿了。她抽噎一下才说："二七、三七都没过去烧纸，怕把我妈传染上。我家亲戚少，有了事情才知道，好凄惶啊！"

灵燕一辈子都不会忘记那一刻。父亲躺在床上，安然地看着她和母亲手足无措。过去手足无措的一直是母亲，她只会看小说，地里的活计一点都搁不上手，一辈子都这样。偏偏她还看不上父亲，嫌他粗，话少，不讲卫生，擤鼻涕往鞋底上抹。灵燕为父亲抱不平。有一次跟母亲吵，不往鞋底上抹往哪抹？母亲向往城里生活，父亲不向往，最终没拧过母亲。打从灵燕挣工资，他们就把土地转包了出去，亏欠的那一点，女儿完全能补上。母亲特别想得开。搬到城里来住，父亲好不容易改了随地吐痰再用鞋底蹭的习惯。父亲已经彻底改造成了城里人，他前半生适应母亲，后半生适应城市。都适应完了，人也走了。灵燕从小就怕母亲，不

是因为她厉害，而是因为她软弱。这种软弱却
执拗，受了委屈就会哭，哭起来昏天黑地没完
没了。父亲深长地叹息说，要不是她娘家遭难，
当年咋会嫁到朱家来，咱家房无一间地无一垄。
灵燕特别不喜欢听这话，这都是哪个朝代的历
史，莫非要背负一辈子？有一次娘俩同时出现
在一面镜子里，母亲苗条的身材高出灵燕一个
头。灵燕说，妈，我长得像个冬瓜，怎么一点
也不随你？母亲扭头走了，去另一个房间哭。
晚饭说啥也不吃，直到灵燕跪在门槛子上哀求。

即便是在父亲的灵前，她们也没有过多地
交流。母亲枯燥地说了事情经过。上午十点，
你爸说胸口不好受，我说把灵燕叫过来瞅瞅。
他说灵燕又不是大夫，麻烦她干啥。让我到外
边的药店买药，回来他睡着了。我以为他夜
里没睡好，这时困了。谁想他一睡就不醒了呢？
"真是哪辈子修来的福。"母亲说，"一点罪
都没受。"灵燕其实想听更多的细节。母亲就
那样完成了粗枝大叶的描述，她是读小说的人
啊！父亲躺在那里就是结局。没有任何语言比

这个结局更清晰明了。父亲是睡过去了，而不是别的。这让父亲面目安详，一点也不吓人。她和母亲一起给父亲穿衣服，父亲的身体已经不柔软了。方适子推门进来了。方适子刚要咧嘴，灵燕说，别哭！方适子又把嘴闭上了。一屋子软弱的人，哭起来还咋做事情！灵燕对女儿说："别告诉你爸，免得他担心。"母亲先于适子点头，赞同灵燕。"既然赶不回来，告诉他干啥。"青布单子在沙发扶手上，适子抖落开，无师自通给姥爷连脸蒙上了。"过年我还想给您发红包呢，这下只能发给姥姥了。"

"把他那份也给我。"姥姥一脸严肃地说，"谁让他不打招呼就走。"

母亲问方波人在哪里，灵燕随口说他在杭州。眼下被困在了杭州城，长了翅膀都飞不回来。适子心领神会，帮腔说，我爸回来也没用，肯定要隔离。母亲就不说话了。她问灵燕，下一步该怎么办，灵燕已经在打电话。公公去世时请了大了，灵燕存了他的电话，那时是想防备万一，没想到这么快就派上了用场。灵燕对着电话说："疫情期间一切从简，我爸不会怪的。叔叔您过来一趟，帮我们料理他的后事吧。"

大了姓蔡，今年七十二岁。跟他一起来的还有他十八岁的孙子，叫蔡张。爷孙进来先给父亲鞠三个躬。蔡叔说，老哥哥，你可真会找时候啊，外边到处闹封控。他带来了香烛瓦盆，香烛插在父亲头前的茶几上，这让现场有了些气氛。袄袖里塞了打狗棒，用香油点了眼宫。他说这一切都只是象征性，送送他，为他把路照亮，让他知道该朝哪里走。动静大了会让邻居闹心，以后大家还得见面呢。几句话，说得熨帖周全，灵燕提着的心一下就放下了。蔡张摁燃打火机，老蔡把纸丢进去，在瓦盆里烧了第一道纸。老蔡的脸呼地一亮，就像来自另一个世界的照耀，给面皮镀了一层神圣，让人觉得对面那个世界委实不错。"老哥哥，你就放心走吧，前边条条大路都通往极乐世界。你朝前走，莫回头。"灵车来了，他指挥着把人抬出了家门。灵燕注意地看了母亲一眼，母亲一脸惶急。她给父亲掖布单，又把脚盖严实，生怕他着风着凉。这个动作让灵燕特别安慰。母亲一下子变得瘦弱孤单可怜，她扶着门框不停地说慢点慢点，怕把人磕了碰了。她一辈子都没为父亲这样操心过。遗体抬上车，母亲也想去火化场，被大了拦下了。"没有这样行事的，老嫂子，您就守着这屋子，哪也不要去。屋子不能没有人。"

蔡张又回来一趟，把瓦盆连同纸灰一同端走了。

楼下停了辆三码车，他把瓦盆装到袋子里，放到了车上。他们依次上了灵车，灵燕和适子坐一边，蔡叔坐另一边。适子头上戴一顶白线帽，灵燕头上围了条白纱巾。蔡张在车上查看了一下，就下去了。他说开三码车去火化场。灵燕脑子一闪，才发现爷孙两个非常相像，都长了蒜头鼻，鼻翼都生了颗痣。灵燕在脑子里过了一下父亲，又过了一下母亲。这都是一闪念。他们都不是肉鼻子，灵燕却长了个肉鼻子。像她肉墩墩的身体一样。

父亲做梦也不会想到他会这样走，身边坐着个陌生人。

五

院墙外是老小区，六楼到顶。因为空无遮拦，郭久梅抬眼就能望见对面人家的窗。外墙皮斑驳得早看不出本来颜色。空调外机、各色护栏呈现得五花八门。有些护栏贴着玻璃窗，有的则占据了空间位置，内里放着杂物。没装护栏的只此一家，是平行的四楼，与郭久梅的窗子相对。天气还暖的时候，他们卸下了铝合金窗子，换上了塑钢窗，玻璃像大海一样深蓝，一下就在一片窗玻璃中有了与众不同的气质。屋里显见得是在装修，有时能听见电钻轰鸣。有个穿红色吊带裙的年轻女孩推开窗子探头望。她没看见郭久梅，但郭久梅能把她看得非常仔细。窄小的脸，粉白的皮肤，黑亮的长发，像天鹅一样有长长的颈项。但她只见过那一次。闲下来，郭久梅会趴在窗台上，企图看清对面房间的样子。想这里面将会居住什么人，这样旧的房子是否有必要装修。事实证明，有。郭久梅无意发现那深海样的窗玻璃贴了红囍字。细细的笔画，跟穿吊带裙女孩很搭。但确实是红双喜，不知什么时候贴的，久梅今天才发现。这一惊非同小可，郭久梅陡然站起了身，拉开窗子想看仔细，冷风呼地扑面而来，她急忙把窗子关上了。待发现此举打断了朱灵燕的叙述，她抱歉地回头笑了下。"大了收了多少钱？"

灵燕拒绝回答。她沉浸在自己的叙述中，还没讲到那里。

郭久梅朝窗外指了指，说对面有人家结婚了，可我一直也没发现。

灵燕说，你认识？

郭久梅起身给灵燕添水，说不认识，但我见过那个新娘。她把水端到了灵燕的嘴边，灵燕接过来，又轻轻放下了。

"也许那不是新娘。"想了想，郭久梅说，"也许是别的什么人。对不起，我刚才有点走神。你说到哪了？"

　　有关鼻子的事，灵燕自动隐匿了。想法不宜说出来，她不预备跟久梅谈论身世这样的话题了，敏感信息就自动过滤掉。她重点说那对爷孙，是七里峰的人。这是过去的叫法，离城市七里地。现在已经是城市的一部分。一辈一辈都给人做大了，儿子去世了，孙子顶上来。公爹去世时也是他们爷孙来帮忙，是老方的表哥推荐的。那是在六月份，老蔡和小蔡都顶着一脑袋白毛汗。上礼，桌席，祭拜，许多程式化、程序化的礼仪和规矩不能从乡下搬过来，但必要的程序和规矩还是要有，这就为他们的职业预留了空间。灵燕问蔡张有没有上学，蔡张说，念到初二，就不念了。灵燕问，为啥不念。他说听不懂。老师讲啥都听不懂。英语尤其听不懂，考试只给五分。爷爷插话说，天生不是上学的料，不念就不念吧。

　　久梅突然插话问，你把旧房给了父母住，公婆没意见吧？

　　灵燕说："我们在同一个小区给公婆买了房，跟我们住的房子一模一样。搬家前问他们，住新房还是住旧房？他们选择了住新房。那房子确实是新的，从没人住过，所有的家用电器都是新买的，不像我们家，家电都使很多年了。"

"够有能力的。"久梅说，"你老公就哥一个？"

"有个妹妹，嫁到了承德。我们房子买得早，那时都很便宜。也是鼓着肚子举债，两边差不多都是独生，没人可以依靠，只得早做打算。"

"哦。"久梅简单地应了声，"记得那时候单位分东西，你都捣鼓到了娘家。"

"方波跟我一个厂，他分的东西送给公婆。我们习惯什么也不留。"

"嗯。"久梅摸了摸自己的脸。

灵燕想起了小时候，考试被老师抓了卷。四则运算题，她把每一步的得数记在纸上，老师怀疑她在验算。怎样分辩都不行，老师知道抓错了也死不承认。灵燕决定不念了，我不上学总可以了吧！她跟郭久梅表达时，久梅支持她，两人就那个讨厌的老师讨论了一路，一起义愤填膺。久梅也决定不念了。"过几天，我们到远处去玩。"她这样约。远处有铁轨，隔着一条河和几里地的庄稼，她们只听见火车叫，从没见过火车。久梅希望见到火车像风一样在眼前掠过，灵燕则希望两脚踏在铁轨上跟着火车奔跑。老师说地球是圆的，一个人从原地出发，走着走着就能走回来。灵燕觉得铁路也一样，走着走着就能走回来。可转天一大早，母亲拿着木棍站在屋门口，灵燕乖乖背起了书包。母亲押着她一直走到学校，把她交给了老师。老师满面春风地说，朱灵燕是我们班最优秀的学生，我对她要求高。

多年以后，灵燕见到老师还能想起那一幕。母亲走了，她就把脸撂下了，瞪着三角眼说："朱灵燕，回座位上去！"大有秋后算账的意思。真到秋后，她大概早把这事忘了。

后来灵燕知道这事是久梅告的密，胖大娘找了灵燕的母亲，说两个孩子想离家出走，让她防备点。母亲说，灵燕胆子小，若不是久梅勾搭，她哪也不敢去。母亲不愧是读小说的人，在大是大非面前一点不糊涂。灵燕那一段时间讪讪的，不敢跟久梅发展友谊。在学校里也是这样，下课了，两人都彼此回避着到外面去玩。直到有一天，灵燕饿着肚子为久梅省下一整张白面饼。下午上学的时候，灵燕把饼从书包里掏出来，像宝物一样献给了久梅……放学时，她饿得直不起腰来。

把父亲送进去，她和适子跑到外边等。空旷的广场一辆车也没有，只有蔡张的三码车停路边上，看上去它不怎么习惯进车位。老蔡说，火化场最近才搞加班活动，过去只上八小时。今天特别奇怪，没有多少生意。黑黝黝的烟囱高耸入云，灵燕和适子并排站在冷风里。适子说："这就是生命的重量。"

"啥？"灵燕没听明白。

适子说："姥爷有一次告诉我，总有一天，人能像鸟儿一样飞起来。"

烟囱里冒出来一缕白烟，深入到天空以外，

就不见了踪影。

　　从火化场回来，是晚上十点半。父亲从一个人，变成了一盒骨灰。骨灰盒花了四千多，是价位稍高的。灵燕想，既然不能给父亲一个体面的葬礼，就给他一座体面些的房子。他们一起挤到三码车狭小的车厢，总共四个人，父亲被灵燕抱在了怀里，就像灵燕小时候被父亲抱怀里一样。方适子一直搂着朱灵燕，灵燕感觉到了女儿单薄的肩膀也是依靠。父亲要埋到老家，灵燕给二叔打了电话，二叔已经着人给父亲挖好了墓，就在爷爷奶奶的下手。"只是……"二叔迟疑地告诉灵燕，村里几条街都在搞隔离，他们都不愿意见外人。幸好二叔家这条街还自由，但家里只二叔、二婶两个人。灵燕赶紧说，不要帮别的忙，只要挖好墓坑就行。二叔说，这没问题，我一个人就能干。但这是明天的事，眼下怎么办呢？要把父亲放到哪里？灵燕打电话问母亲，母亲有点迟疑，说，放到车库？

　　黑夜中老蔡的帽子就像一坨会移动的山

峰，只有两只眼白在黑夜里凸显。"车库里阴气太重。"他说，"你们要是相信我，就放到骨灰堂去。""哪里有骨灰堂？"城市不大，灵燕却对这些地方闻所未闻。"到了那里你就知道了。骨灰堂有人专门上香，不会间断。"灵燕拱了一下适子，适子问："多少钱一宿？"

老蔡说："两百。"

"真便宜。"适子说。

"哪能挣亡灵的钱。"老蔡说，"不过是一点辛苦费。"

车子拐了一个急弯，上了一条小路。很明显这是条村路，疙疙瘩瘩地颠簸。好在并不远，没让他们太过绝望。车子刚停下，院子里亮了灯。灯光从错开的大门里映出来，像来自天堂的照耀。灵燕抱着骨灰盒下了车，适子紧紧搀扶着她。木了一会儿，灵燕才想到这里似乎是老蔡的家。他们爷孙熟门熟路进去，把车停到了甬路上。这是足够大的一所宅院，正房高大，灯泡就安在屋檐下，显然是有人听见动静开了灯，但并没有人出来。厢房低矮，上悬黑底金

字一块匾额，上写"骨灰堂"三个字。原来是
正规的地方。

"这是哪？"灵燕左右环顾，她有些找不
准方位。

"超市后身。"蔡张指着不远处的一座建
筑说，"前边就是共享超市，我们这里都能闻
到他们做糕点的味道。"

灵燕说："过去经常到这个超市买东西，
这是埧城最早的超市。可从不知道超市背后还
有这样一个地方。"

进了厢房门，里面是一张一张小课桌。灵
燕数了数，有十多张。每个课桌上都有个小香
炉，上面写着编号。"今天不用看编号。"老
蔡说，"今天就老朱哥哥一个人，这个时间不
会有人再来了。"

"平时生意多吗？"

"有时这屋子装不下。"

小香炉只有一只苹果大，但父亲终于有了
香火。灵燕跪下给父亲磕了三个头，心里说：
"爸，对不住了，您在这儿委屈一下吧。我实

在没有别的办法了。"她特别想痛痛快快哭出声，可想到这里是别人的家，就把嘴唇咬紧了。她身子剧烈地起伏，像泥一样瘫倒了。又冷又饿又累，闭眼似乎就要晕厥。方适子把两手插在她腋下，浑身一用力，把她端了起来。

他们约了明天早晨六点来取骨灰。老蔡说，在你取骨灰之前，这香火不会断掉。

久梅目不转睛看着她，不知啥时她被吸引得心无旁骛。

小时候灵燕是个谎话精。这是她妈胖大娘说的。无论什么时候，你问灵燕家里吃啥饭，她一准说白面饼。永远的白面饼，仿佛她家盛产白面饼一样。有一次她被老师骂，其实她经常被老师骂。跳远跳不远，跳高跳不高，踢毽子只踢几十个，像鸭子那样笨。她说不上学了。于是久梅就陪着她不上学了。可转天早晨，她早早就去上学了，招呼都不打一个。久梅在呼呼睡大觉，一想到从此不用再去上学，她就睡得非常踏实。胖大娘在院子里喊，死丫头，人家灵燕早走了，就你还呼呼傻睡，瞌睡虫揍的玩意儿！胖大娘特别会骂人，而且嗓门大。久梅一激灵，翻身坐了起来。她不相信灵燕真去上学了，上学也应该来招呼她。进了教室一眼就瞧见了灵燕。她个子矮，坐第一排，一副旁若无人的样子，仿佛她们从没有过约定。久梅从那时就不想再理她，太能骗人了。

当然后来又和好。小时候就是这样，像天下大势一样总是分分合合。大了就不行了，分了再合就困难了。那种距离感和隔膜，随年龄与日俱增。第一次她把侯红贵带回家去，村里人说，没有灵燕女婿长得好，人家要人儿有人儿，要个儿有个儿。侯红贵皮肤黑，个子不高，小眼珠滴溜溜转，有点贼眉鼠眼。久梅很多年看不上他。那时纯粹是因为年龄大了，想结婚了，被侯红贵追得紧。还有，她曾被一个男人伤害过，有了自暴自弃的想法。那时坐机关待遇差，没啥优势，跟国企工人的收入没法比。但十年河东十年河西，风水轮流转，公务员后来成了炙手可热的职业。做梦似的，久梅就当了副处长。侯红贵不知祖上积了什么阴德，别人难如登天一样的仕途，他却顺风顺水。就像从事业局副局长到行政局局长，不知有多少人盯着那把椅子，被他轻而易举地坐上了。

侯红贵从不跟她说单位的事，自己晋升的事，或人员变动的事。他什么都不跟她说，出去喝酒吃饭也从不带她。久梅的自卑从结婚七年之痒就开始了。有一次，他们在一家饭店吃饭，服务员以为他们是一对母子。"瞧你老得那个样儿！"侯红贵撇着嘴角说，"人家还以为你是我妈。"

但他的工资卡在久梅手里。若干年，他从没跟久梅要过一分钱。久梅怀疑他有小金库，他的衣品越来越高档，手表、皮带、领带，久梅都研究过，是名牌。但他却没从久梅手里拿过钱。身为行政人员，久梅也觉得纳闷。

灵燕的妈叫时寒之，进城就为买一本书。胖大娘说，时寒之是嫁对了人，若是换个人家，早被揍扁了。

六

"妈，您一个人害怕吗？我和适子过来陪您吧。"

"不用，我不害怕。你们回自己家好好休息。"

"我们明早六点去取骨灰，然后去罕村。"

"我也去，你先来接我。"

六点天还黑着，只有路灯惶惑而疲累地睁着眼。城市很安详，只有病毒在街上东奔西突。那些有生物性质的生命颗粒在冷空气中穿行，伺机寻找宿主。这是灵燕的想象。她总是戴双层口罩，防着自己被放倒。这个家，她成了顶梁柱。她有点享受这种状态。过去她凡事都依赖老方。走亲戚她不进超市的门，等着老方大包小包拎出来。老方去住院，她自己增加了责任和使命，有了天降大任的感觉。按常理，未亡人不能进坟地。但母亲不是常人，所有的俗礼在她那里都相当于没有。上车空调开了很长时间，车里才不冻鼻子冻脸。"你睡着了吗？"适子打了个长长的哈欠问。灵燕说睡着了，只是不踏实，做了一连串的梦。梦见发大水，水里都是小鱼小虾。

"你姥姥也要去罕村，我不希望她去。"

"为啥？"

"罕村的规矩，她这样的身份不应该去墓地。"

"她不需要规矩。"

"是的，她不需要。她只需要小说。"

"妈妈你为啥不爱读小说？"

灵燕又想起了镜子里母亲的身高和自己的肉鼻子，她好像没有什么地方随母亲。

手机才响了一下，母亲就关了屋里的灯，同时响起了开门和关门的声音。她收拾好了一直都在等候。她从楼道里出来，手腕上挽了一个包裹。她小声喊"灵燕"！灵燕过来接过包裹，拉开车门让母亲坐了上去。"这包里是啥？"

"你甭问。"母亲说。

适子坐在副驾驶，喊了声"姥姥"。时寒之伸手摸了下她的脸。

"你开车？"母亲问。

"一会儿再让适子开。"灵燕答。

走燕北路，拐向崆峒西街，路上没看见一个人、一辆车。灵燕想，从咋天到现在，这一切都是真实的吗？父亲从这个世界走了，他是不是回归了？灵燕自信没有说出来，但母亲回答了一声"是"。灵燕激灵一下，想回头。母亲说："好好开车。"灵燕想，什么都逃不过母亲的眼睛，从小就是。哪天如果灵燕想偷白面饼，无论怎样伪装，母亲都会看出来。但母亲从不会戳破，她拿了也从不批评她。但母亲会守候。为了一个白面饼，母亲连午觉都不睡。母亲的做派不属于罕村，罕村不出产她这样性情的人。从小到大，母亲从没对她说过重话，除了那次拿着棍子轰她去学校，她再没犯过比那更大的错。这也让她感觉奇怪。这个妈仿佛不是亲的，但又仿佛比亲的还亲。这种感觉真是奇怪。有一段，母亲读书读得泪水涟涟，每晚都给她讲阿克西尼亚，说她爱上了一个人，却不能嫁给他。灵燕听得懵懂，长大才知道这是本苏联的书，叫《静静的顿河》，她从图书馆借回来放在床头，从来也没有看超过一百页，她总也记不住那些文字讲了些什么，看十遍依然记不住。她对文学艺术总是提不起兴趣。音乐、绘画、舞蹈，她都觉得没什么用。而母亲总是如醉如痴。她吃穿用度从不讲究，却是个热爱艺术的人，要命的是，她只是个乡下人，没一分钱退休金。这些对她都过分奢侈。这不奇怪吗？若问灵燕对什么感兴趣，她很难回答。做别人教给她做的事，她都完成得很好。她总说不喜欢动脑子，考上大学纯属误会。

她在厂里人缘好，大家都喜欢她无是无非。

那时还不兴家长检查作业，可灵燕的作业母亲都会做一遍，然后跟她对结果。母亲乐此不疲。后来灵燕给适子检查作业，心力交瘁。母亲说，学习是多好的事情，检查作业也是学习机会呀。母亲做不来地里的活计，又厌恶做家务，在村里人眼中就是个笑话。母亲搬到城

里，才脱离了那样一种氛围。高中的作业母亲
不会做，她就坐灵燕身边看着她完成。她喜欢
看女儿写作业，眯眯笑着帮灵燕收拾文具，削铅
笔，钉本子。灵燕从没把这些跟她的考试分数
联系在一起，走在去接父亲的路上，她突然想
起了父亲的一句话："你妈是咱家的活菩萨。"

活菩萨?

灵燕心里一惊。她一直为父亲感到委屈。

倏然流出的眼泪惊动了方适子，这名字就
是姥姥给起的，很多年里灵燕自己都叫不惯。
但女儿喜欢这个名字。老师和同学都喜欢，以
为适子出生在一个不同凡响的家庭。当初灵燕
不接受这个名字，想改一下。母亲说，没有比
这名字更合适的了。她拧不过母亲。

方适子奇怪地看着自己的妈妈。"别哭。"
她小声说。

十几分钟就开到了共享超市附近。从一条
胡同里穿过去，就到了老蔡家门前，那条路宽，
并排能走两辆车。灵燕把车头调好，大门"吱呀"
开了，老蔡说，估摸你们该来了。

只灵燕一个人下车。在老蔡的带领下，灵燕进了骨灰堂，父亲孤零零地停靠在那里，那炷香倏地掉下了些香灰。灵燕陡然心里一动，觉得是父亲在跟她打招呼。这一夜发生了什么？父亲独自在一个陌生的地方，多冷清啊！父亲为什么不能回家呢？住女儿家也行啊！说到底，这已经不是父亲了，父亲与这个世界不辞而别，就变成了另外一种形态。父亲不是装在骨灰盒里，而是一种恐慌的存在。否则母亲为什么说要把他放在车库，而不是放在家里。灵燕歉疚地看了眼小香炉，里面有数支香烧残的痕迹，证明这里确实没断香火。灵燕抱起了骨灰盒，对老蔡鞠躬说声"谢谢"，往外走去。适子已经坐到了驾驶室。灵燕坐到了母亲身边，把父亲放到了膝盖上，感觉就像他跟母亲并排坐着一样。

"妈，你要是困，就眯一会儿。"

"我不困。"

"爸，咱们就要回老家了，走吧。"

车子朝左转，径直朝南开，是昨晚来的那

条路，在车灯的强光下，看得见路上的坑坑洼洼。村口有两个很大的水泥墩，三码车过来毫不费力，但汽车就要多加小心，因为它们正好严丝合缝。适子踩了刹车，把车停到近前，下到车前打量了一下两边的空当，断定不会摩擦，才一脚油门踩了下去。

"你慢点。"灵燕说。

"老街没有年轻人了。"久梅端起杯子喝了口水，"不是老，就是小。"

"好在老街没封控，我二叔能出来。否则连挖墓坑的人也找不到。"灵燕说。

"你二叔身体还挺好，当年你家把宅院给他是对的。"

"我妈说，她啥时想回来能有她一个屋就行。可她一直没回来。"

"你妈想得开。"

"她是怕我二叔不好意思接受，才故意这样说。"灵燕突然豁然开朗，"他毕竟有四个儿子。"

"就那样把你爸埋葬了？"久梅话风有些轻飘。

跟二叔说好，大家都奔墓地而去。这里是河套地，爷爷奶奶葬在这里。十几米远就是一条河，眼下结了白花花的冰。灵燕打小就跟父母来上坟，清明节来压挂纸，忌日来摆供品。米饭用小碗扣个圆球，或一个盘子里装六到八个饺子。盘子是双，饺子也是双。灵燕问过母亲，为什么不能是单数？比如，装五个或七个饺子。母亲也不知道，她看的那些书里不提供这些知识，母亲也有入乡随俗的地方。坟前有棵松树，已经很粗了。二叔等在大堤上，肩头扛着铁锹，手里还提着一个，奇怪地看着这支"三八"队伍。"姑爷呢？"他问。灵燕怕适子说漏嘴，抢着回答："出差了，赶不回来。""咋这样，咋这样。"二叔嘟囔着往前走，说河套地里冻土厚，昨天挖土特别费力。二叔是罗圈腿，这样的腿形都是营养不良加劳累过度，几乎没有例外。蹬锹挖土腿不得力，二叔一定干得很辛苦。灵燕想起了父亲，父亲有两条好腿，在二叔的心目中，父亲是享过福的人。

但他们有相似的面貌，笑起来抬头纹都在一个位置。她陡然想起小区见过的那一个，比二叔更像父亲。

"你们就兄弟俩？"灵燕说，"我在城里见过一个人，特别像爸爸。"

"世界上彼此相像的人一共有四个。"母亲说，"这是书上说的。"

"好吧。"灵燕嘟囔了句，很响地吸了下鼻子。

"也没听说有啥大不好，大哥咋这么快就没了？"二叔凄惶地问。

母亲的白发从帽子里渗出来，一宿的工夫，脸似乎小了一圈。"一早起来还好好的，十点钟的时候人就不行了……她二婶身体还好吗？"母亲问。

"就那样吧。"二叔说，"一到冬天嗓子就拉风箱。"

"别舍不得烧燃气。"村里的情况母亲都知道，煤改气改电改燃，折腾了好几年。现在终于稳定住了。老百姓就怕瞎折腾。"屋子里最好能烧到二十五度，这样待着才舒服。"

"哪有那个条件。"二叔朝黄土地上吐了口痰，"一冬也不少钱呢。"

适子悄声对灵燕说："房子都给他了，怎么还哭穷？"

灵燕暗中踢了她一脚，下巴朝前暗示，适子跑过去接过来一把铁锹。"二姥爷给我拿着。"

"真懂事。"二姥爷夸。

灵燕把骨灰盒放到翻出的新土上，二叔扑通跪倒，一下子哭出了声，"你咋这么快就走了，要说我该去城里见你一面，可我动不了啊！"

灵燕和母亲一起去扶二叔。灵燕说，二叔别伤心了，我离那样近，也没见着。我妈说，他一点罪没遭，是哪辈子修来的福，睡着睡着就让人叫走了。他这是让神仙接去了。

二叔用粗糙的手背抹眼睛，从口袋里掏出两个馒头，递给灵燕一个。灵燕学二叔的样，把馒头掰碎扔到墓道里。适子问："这是啥意思？"

二叔也不知道是啥意思，祖辈都这样做。二叔掰得粗枝大叶，只掰成了三块。灵燕掰得仔细些，有十多块。她想，能为父亲做的事情真是少而又少。

两腿叉到墓坑的两边，二叔把骨灰盒小心地放了进去。母亲把包裹也放了进去，就像故意留出位置一样，包裹正好嵌到了骨灰盒的一侧，严丝合缝。那是一个绿头巾包起来的包裹，天黑的时候看不清楚。这时天已经亮了，只是青灰色，太阳还在闺房隐匿着，等待谁发出号令，沐浴出宫。

包裹紧紧实实地两头翘，像小船一样，也是骨灰盒大小。灵燕又问了句："这里是什么？"母亲答："一个匣子。"灵燕恍然记得见过那个匣子，总被母亲锁着。"上边有锁？"她上手摸了摸。

"那样你爸就打不开了。"

母亲突然坐地上哭，哭声像唱咏叹调一样让人不知所措。天光下只有母亲细若游丝的哭声，一哽一哽的，像五线谱一样。灵燕和适子对了一下眼，谁都没有过去劝慰。

"他活值了。"二叔一直觉得父亲比自己过得好。

母亲大概哭了七八声，自动终止了。"哭几声痛快痛快。"母亲这样解释，"咋也应该去趟医院，咋能连片药都不吃就走呢？"

"你会想他吗？"灵燕握住母亲的手小声问。

母亲顿了一下，说："想。"

回填的土有些已经被冻住了。灵燕用手搬，用脚踹，再用铁锹铲。她发现，二叔比她有力气，虽然上了年纪，二叔依然比她有力气。坟坑总算填平了，又隆起了小小的坟包。太阳在河对岸升了起来，穿过枯树的枝杈冷寂地照，打在他们几个人身上，拖出长长的影子，就在那些新土上。冬天的太阳，特别寡淡特别苍白。灵燕虚脱了似的，额头冒出了汗，眼前一片迷蒙。她缓缓蹲在地上，但两腿一抖，一屁股摔倒了。"我身上好像一丝力气也没有了。"她拍着两手对适子说。适子来扶她，她撑着让自己站了起来。"清明再来填土，那时天气暖和了，再把坟填大一些。"灵燕对大家说。

久梅坐了过来，跟灵燕只隔一个茶几。她把冷了的水倒掉一些，又添加了热的，递给灵燕。灵燕不想喝，她像灵魂出窍样地注视着前方，就是那盆常青藤，茂盛得像是养在夏天的植物。她不知道久梅曾把常青藤与她的头发相提并论。这屋里太暖和了，她后背有些毛茸茸。她想脱掉外套，解了两个扣子，才意识到棉袄只是家居服，她进厨房穿的。棉袄里面就是件球衣，领口已经破了。她停住了手，又把扣子扣上了。

因为话说得太多，她觉得自己的嘴和脑子都是木的。她有点想不清为啥要到这里来，为啥要给久梅说这些。是太想说话的缘故？不是。跟久梅说的这些，只适合久梅听。或者，就是要说给久梅一个人听。

她办了件大事情。这么大的事情甚至要瞒住老方。因为他在住院，她不想额外给他负担。若老方知道家里出了这样大的事，他躺在手术台上也会跳下来。

哦，这不是理由。最起码，她来之前没想到要讲这些。她的思绪在不断调整和改变。她想问久梅自己家为啥只有一个孩子，有没有从胖大娘那里听说过什么。话就在嘴里，被她关住了。灵燕怕事情传扬出去，伤着母亲。

"你是说死亡和手术都被你瞒住了？"久梅难以置信的样子。

"哦？"灵燕有些僵。她陷在某种情绪里，有点反应不过来。

久梅想握她的手。试探了一下，又缩回了。久梅的手骨瘦如柴，青筋就包在皮肤里，像蚯蚓爬在手背上。这样的手跟她的脸很不相称。灵燕的手就像块小发糕，看上去热气腾腾，手背上长满了小酒窝，就像一张小笑脸。"你不是这样的灵燕。"久梅思忖着说，"你小时候不是这样有主意……"

"我现在也没主意。"灵燕说。

"老方做手术，你瞒住了父母。父亲去世，你瞒住了老方……灵燕，这都是大事情呀，你居然瞒天过海，胆子太大了。"

"要不然呢？"灵燕喝了一口茶，险些呛着。她咳了好一阵。

"都人命关天哪。"久梅慨叹。

"我知道。"灵燕抹了下嘴角，茶渍让她的嘴唇鲜红。久梅疑心她抹唇膏了，但往细了观察，她没抹。"我要怎么办呢？我妈若知道方波的腿动手术，会在想象中无限扩大手术的风险，让自己陷入崩溃。她根本不相信手术还有微创这回事。你知道她是一个读小说的人，专门看外国小说，特别耽于幻想……"

"你不是胆子大，你是心大。"久梅没耐心听她说这些，加重了语气。

"方波如果知道我父亲去世了，他拖着断

腿都会赶回来。他知道我们这边没有谁可以依靠，他不放心我。"灵燕突然红了眼圈。

久梅同情地看着灵燕，说这样的事情若发生在自己家，行政局的人都会来帮忙。人与人的差距、人与事情的差距，都体现在关键时刻。

"你应该找我呀。"久梅说。

"我没想起来。"灵燕实话实说，"这么多年不联系，关键时刻真想不起来。"

"还不是又找来了？"久梅看着她，一不留神就露出嘲讽。

灵燕发根出汗了，有蒸腾的迹象。可这温度于久梅刚刚好，她甚至隐隐觉得手脚有凉意。当然，她总是手脚冰凉。年轻的时候侯红贵还给她暖，现在根本不上她的床。

"你辛苦了。"久梅去了里屋的洗手间，出来时，用护手霜擦手，房间里飘荡着一股子桂花香气。

"我是不是不正常？"灵燕有些惶恐。

久梅摇了摇头，回到了办公桌前自己的座位上。

"换了你会怎样？"

"不会怎样。"久梅说，"我不会遇见这样的事。"

"如果遇见呢？"

"不会遇见。"久梅直视前方斩钉截铁，"我们不会那样倒霉。"

灵燕噎了一下，像是被水呛到了，眼里立时汪出泪来。久梅乜斜了她一眼，隐隐的恶意消退了，有些同情她。"方波手术你没有去陪护？"

"医院不让陪护，我给护工打了电话。护工说，20床有点低烧，术后一直都还没吃饭。"她声音小得像蚊子，越说越没底气，唯恐说不周全。

"你爸死的事，你现在也没告诉老方？"

"我不知道该怎样说，我有些说不出口。"

"怎么可以这样？你怎么可以这样？灵燕……我真是无语，不知道你是这样的人。"

"我是怎样的人呢？"灵燕惶惑地问。

"但凡有点感情，也不至于此吧？"

久梅还是把恶毒的话说了出来。说不清为什么，她就是觉得只有这样说才快意。自己在受伤害。明明是在伤害别人，受伤的却是自己。

"不是……"灵燕急于想分辩，她觉得久梅误会了。自己明明是出于感情做这些，怎么会是"但凡有点感情呢"？

"你听我说……"灵燕急得用起了手势。

"你不用说，我都明白。"久梅把头扭向了窗外。

灵燕的眼泪越流越多，久梅的话太难以消化。她来见久梅不是为了听她讲这些。想听她讲："灵燕，你真能干。十几年不见，没想到你这样能盛事了。"明明知道这想法是虚妄，灵燕还是情不自禁。灵燕自嘲地扯了下嘴角，清楚这就是久梅的语风。几十年过去了，什么都没改变。久梅从没肯定过灵燕。她总是打击她，不惜任何手段和火力。肯定灵燕的只有时寒之——自己的母亲。她说灵燕是最棒的。作业本干干净净，书包里整整齐齐。灵燕钉个纽扣她也满大街去喧嚷，说灵燕手多么巧，活计比自己的还好。左邻右舍都哂笑，她们知道时寒之是最差的。她从没给灵燕做过一双鞋，给她材料她根本做不出。灵燕的鞋子都是姥姥和大姨做。后来她们都死了，市面上已经可以买鞋了。朱世安是最好的木匠，专门打新婚洞房的家具。五斗橱、组合柜、梳妆台、大小衣橱，能让洞房熠熠生辉。拿回的钱全部交到时寒之的手里，她就去城里买书，给灵燕买时新的衣服。她看灵燕的目光就像看一件宝物，永远看不够。他们是罕村的谈资，就像一窝怪物。跟朱世安什么玩笑都可以开，但不能说他的妻女。谁若说她们的坏话，他能拿起斧子拼命。

在他的眼里，妻女都是神仙级的人物，根本不容许别人亵渎。

灵燕反复牵动着嘴角，她觉得谈话已经走进了死胡同。如何结束尴尬的局面成了头疼的事。久梅不肯定她是对的。她当处长了。灵燕只是从新工人变成了老工人，身体像棉花包一样暄腾起来。如果说有变化，变化的就是这些。灵燕一直是自卑的人，身处这里，就更加自卑了。或者说，面对久梅的时候，就更加自卑了。像小时候一样，时过境迁，什么都没改变。自己还是那个又蠢又笨的破小孩，让久梅鄙夷。这样的感觉让灵燕的心灵备受摧残。从小就这样。给久梅偷白面饼，其实是种变相讨好，她一直都在下风，需要讨好上风的郭久梅，好借些余威。比如，跳房子带上她，玩老鹰捉小鸡让她当回老鹰。或者，帮她收作业本，抱进老师的办公室。久梅是班长，灵燕走在她身边，就像久梅抱着作业本走在老师身边一样。她一个人从不敢进这样神圣的地方。这都是了不起的事，在灵燕隐秘的成长史中是大事件。后来换了一个小孟老师，久梅一下子不适应了。小孟老师是年轻姑娘，经常批评久梅，这也不行，那也不行。身为班长，成绩却在中下游。久梅一哭，她就说这是无能的表现。也就是在这一段，考试她抓了灵燕的卷子，让灵燕产生了不上学的想法。灵燕在草纸上记数的时候她以为灵燕在验算。她们在村街那条主路上探讨这件事，灵燕其实还是在讨好久梅。只是这种讨好不露痕迹。对呀，我们都不上学，看她还能怎么样！久梅提出去看火车，灵燕愉快地答应了。久梅的任何想法她只有答应的份儿……只是没想到，早起睁眼看到了母亲手里拿着棍子。灵燕就知道这事情没有商量了。小孟老师半年以后去上大学了，来了一位大杨老师，油头粉面，说话侉声侉气，拿腔作调，久梅眼里顿时放出光来……童年的很多滋味都漾进了岁月里，什么时候想起，还能翻涌出浪花。她无论怎样努力也赶不上久梅，就像自己孤家寡人的身份，面对久梅家的人多势众。那样一种差距，真是星海河汉啊！老方自打出院也一直没有问起她父母。老方嘴硬，不怎么叫爸妈，而是借孩子的身份叫姥姥姥爷。不可否认，老方对岳父母跟对自己的父母一样好。但岳父母排在前边。他总说，他父母身体好，而且还有姐妹照顾。只是，他为啥一直没问起呢？

久梅的手机响了，她"喂喂"了两声，去了里间。灵燕只听见一句："我这里有客人，还不知道需要多久……"然后，她把房门关上了。

那是一扇酱红色的门，有黄色的铜把手。灵燕面对了片刻，穿上了自己的羽绒服。悄悄地，她拉开房门离去了。

七

世界就像定做的一样，有它自己运行的规则和轨迹。就像事情该来就来了，该走就走了。人也一样。也许就是命中注定。自己该来见久梅这一面，跟她讲些什么，然后接受她的质疑，甚至……轻辱。"但凡有点感情……"是指对父母，还是指对老方？难道她不知道我们是幸福的一家人吗？灵燕木木的，就像有楔子钉在心里，难受。特别难受。也许今天就不该来找久梅。这么多年不见了，完全刻意不见。鬼使神差，就是鬼使神差地跑了来，然后又不辞而别。

久梅一定会笑话自己。

大马路上有寥落的几台车在毫无目的地跑。灵燕觉得它们毫无目的。就是自己眼前的风景，为让这世界动起来。否则，这世界就静止了。偶尔能看到两个行人，戴白色和蓝色口罩，木然移动着两条腿。口罩像一个隐喻，让好好的一副面孔失去了半张。他们是要遮住什么吗？灵燕忘记了自己也应该戴口罩，直到冷空气锐利地钻进她的鼻腔，她才把叠好的口罩从口袋里掏出来。本质上她不怕什么，但她怕冷。还怕久梅那轻贱的小眼神。你今天是干什么来的？她想，幸亏今天来了，才绝了以后再来的念想。说不出为什么，她经常有来见久梅的想法。日常生活中，会没来由地想起她。今天好了，一切都解决了。以后再不会了。她安慰着自己。商厦顶上有时钟在滴答走。灵燕看了一眼，没看出所以然。"最末一天"这样的提示或暗示从钟表盘上显现出来。那是她心中的钟表盘，与眼下的情景无关。她心里一跳。有些事情必须今天解决掉。她对着钟表说，再不解决就没有机会了。

真是这样吗？不是的。你是心中有块垒。过去有，今天严重了些。你想解决掉的不是任何问题，而是自己心中的淤滞之气。不是吗？除此没有比这更严重的事。这样想，她决定了下一步的走向。

灵燕先拦了一辆出租车，停在了一家副食店门口。只要看着富丽堂皇的包装她就往外提拎，也不管都是什么价钱。就冲大冷天二叔一个人去挖墓穴，灵燕便觉得怎样孝敬他都不为过。女老板的脸上都在放光芒，一口一个大姐。司机协助把那些礼品盒搬到车里。座上座下堆起来老高。灵燕没有问打车价钱。她觉得，多少价钱她都承受得起。在这样一个特殊的日子里，没有什么是她承受不起的。司机一路走一路咳嗽。灵燕问："您是不是在发烧？"司机连忙否认。灵燕说："不碍事，我才烧过。"司机年纪有点大，头发已经花白。他朝车窗外吐痰的时候唾沫星子甚至刮到了灵燕的脸上，灵燕掏出纸巾来擦了擦。司机问她是不是回娘家。想了想，灵燕答："是的。"

"师傅贵姓？"

"免贵姓孙。"

"家里人都还好吗？"

"都趴着呢。这波疫情严重，连我这从不感冒的人也不放过……不过我早转阴了，否则也不会出来拉活。"

"客人不多。"

"一家老小都指望着这辆车呢。"

"问孙师傅一个问题。有个人家只一个闺女，闺女怀疑自己不是亲生的。您说有没有这种可能？"

"妈对闺女不好？"

"是太好了。"

"是溺爱吧？"

灵燕没提防孙师傅会这样讲。"也可以这样说。那个妈妈不爱干活，就爱看小说。她是大户人家的闺女，年轻时受了点刺激……但她嫁得好，丈夫一辈子都包容她。她从不打骂孩子，总说孩子这也随爸那也随爸，其实她没说真话。"

孙师傅回头看了灵燕一眼，这点心事很容易被看透。

"亲的咋样，不亲的又咋样？只要对你好就好，人间最难是真情。"

那句书面语言差一点把灵燕逗笑。她注意到孙师傅改了称呼，话说出来更像在规劝人。

"知道真相不重要？"

"世界上到处都是真相，却没有几个人知道。"孙师傅轻描淡写地说。

灵燕一时语塞。她觉得这位神情呆板的出租车司机有点像哲学家。那么真相到底有没有必要知道？或者，世间到底有没有真相这回事？一切真相都源自真相本身。灵燕自嘲地笑了下，望向身边这些礼品盒，它们是不是真相呢？方波发来了微信，把她从浩渺的思绪中拉了回来。"你是不是去了姥姥家？我能做饭，你不用惦记我。"后边又加了句："我已经在煮面了。"迟迟不见灵燕回来，他就觉得灵燕是去了姥姥家，她一般不去别处。去超市也不用那么久。一定是姥姥临时把她叫了去，灵燕却忘了告诉他。

灵燕顿生歉意，她这才发现已经是中午了。

"是在姥姥家，临时有点事。你就吃口面对付一下吧，晚上我回去包饺子。"

这也不是真相。她把手机放口袋里，用力捏了捏。

二婶围着被子坐炕头上，屋子冰窟似的冷，二婶不停地咳嗽。"花那样多的钱干啥，我们这把老骨头，不值得花钱了。"灵燕把那些纸盒子放在躺柜上，坐在了二婶身边。说这些都是半成品，稍微一加工就可以吃。二婶比母亲小，但远不如母亲的状态好。不戴眼镜，母亲还能看书呢！年轻的时候二婶跟母亲关系不好，她生了四个儿子，有些嚣张。总管母亲叫"绝户头"。父亲行大，就叫"大绝户头"。后来这一称呼就成了灵燕家的代名词，在罕村广为传播。灵燕起初不知道这词的意思，后来懂了，就像母亲一样接受了。母亲说，我们家没儿子，没错，我们就是绝户头，但我们不比别人过得差。即便编小辫，母亲也一定要给灵燕系上蝴蝶结。灵燕十多岁的时候就长发及腰，根根通透。母亲到城里给她买洗发水，那种洗发水叫青苹果香波。她自己却用洗衣粉洗头发，洗出来的头发是锈的。父亲戴的草帽沿了边，加了分量就不容易被风刮跑。母亲就愿意干这些。灵燕后来学了一个词：华而不实。她觉得就是用来形容母亲的。后来，她自己生了女儿，母亲把适子打扮成了花仙子，灵燕才觉得华而不实也挺好，华而不实有华而不实的好。那时二婶嘲讽说，母亲烧火也要捧一本书来读，那书能续她的命吗？母亲经常把锅烧干了，柴烧没了，饭还没做成。父亲在外做木匠，会把一些劈柴捎回来，所以灵燕家吃不愁、烧不愁，让人嫉妒得眼都是绿的。二婶生老四时，一看又是儿子，差点闭过气去。四个儿子四层房，个个都是讨债鬼。她想把最小的这一个过继给灵燕家，将来也好有顶门立户的人。旧时都是这样。被时寒之拒绝了。她说我们有灵燕一个就够了。不需要别人来顶门立户。关键是，父亲朱世安并不反对，按老辈的规矩，子侄也是儿子，过继一个顺理成章。只是他不做主，听时寒之的。这件事，委实伤了二叔和二婶的心。

他们觉得大房儿一家都不知道好歹，这样好的事，打着灯笼都没处去找，他们竟硬生生地拒绝。瞧他们将来怎样遭罪！

二婶偷偷问灵燕："把小弟送给你，你要吗？"

灵燕没说不要，而是用一只手捂着书包，绕着二婶跑走了。

灵燕家确实遭了几年罪，分了那样多的地块，春种秋收都缺人手。二叔家的地毗邻，一家人干活都生龙活虎，就像在表演给这边看。灵燕像老鹰拉小鸡一样背几穗玉米，或几棵高粱，费力地从地心深处往路边走。父亲像牛一样闷头干活，从不往四周看。灵燕也学父亲，闷着头走路。人家麦都种完了，她家刚收完秋。那时灵燕觉得没脸见人。母亲走路就像跳舞一样。她哪里是干活，纯粹是添乱。

"二叔呢？"

"他去小卖部了，家里没盐了。"

"这屋里有暖气。"灵燕摸了摸，暖气就在靠东房山的地方，"怎么不让它热起来？"

　　二婶说，它晚上是热的，你进来之前才刚停。

　　灵燕就明白了。他们不舍得白天取暖。燃气取暖是很便当，但很多人家用不起。灵燕问儿子一个月给多少钱，二婶说，一个月一百。"太少了。"灵燕说出了声。"自己都还活不过来呢，哪有钱顾老的。"二婶咳成一团，吐痰时，灵燕赶忙拿出一张面巾纸。

　　"你给你妈多少？"二婶伸过来一张脸，期待地问。

　　"没多少。"灵燕含混地说。事实上她放一张卡在母亲那里，是一张子母卡，娘俩使用同一个账户。母亲新潮，比灵燕更早地学会了使用手机支付。

　　"还是你妈命好。"二婶说，"她的屋子暖和吧？"

　　当初父母从这里搬走，二叔说想借住这座房子。二叔家的房子屋顶漏雨，被雷劈出一个坑。关键是，那是座土坯房，七几年盖的。不等父亲搭声，母亲就说，世全你就搬过来住，我啥时回来有我一个屋就行。可罕村也没有像母亲这样行事的，连房子都能大大方方拱手让人。二叔叫朱世全。灵燕真是佩服母亲的胆识，她就带了穿的用的走了，还有那些书，装在纸箱里，用麻绳捆起来。她把自己交给了城市，交给了女儿，连退路也不留。母亲不需要退路。她的单向思维里，就只有一条路。灵燕站起来，这里那里看。躺柜、缝纫机、帽镜、装杂物的小木箱，都是当初留下的。被二叔抹得光可鉴人。这房子被二叔维护得很好。灵燕想，是谁的不是谁的，哪有这样重要呢。这该是母亲的想法。现在，灵燕也想通了。只要这房子在，随时能够进来，就好。母亲喜气洋洋地投奔新生活，把旧生活留给了二叔二婶，如今，这生活显然愈发陈旧，只有暖气是新装的。他们住这里的时候用三开炉子烧大同块，火苗腾挪，壶里的水吱吱响。高考那年她守着炉子背题，两腿环着它。炉子上烤着白薯，香气在灶屋弥漫。她知道自己笨，就使劲学。那些定理公式背得滚瓜烂熟。她从没想过要考久梅前头去。久梅是班长，干啥都抢尖拔上。期末考试老师甚至偷偷给她撩分。灵燕知道，但从不觉得不合理。久梅天生就该比灵燕强，这毫无疑义。

高考分数下来，灵燕觉得没脸见人，就像背叛了久梅一样。可是，没人的时候你欢欣了呀，愉悦了呀。对着镜子，灵燕给自己扮鬼脸：你不笨，你比久梅强。然后双手捂住脸，放开再看，是粉面桃花。她觉得，她终于胜了一回。这一辈子，胜一回就是胜一世。阳光从双开扇的窗子照了进来，被镜子折射了，把她的影子投射到了对面的墙上，就像对她的奖赏。她看看镜子，看看对面墙上的影子，"哇"地哭了。对胜的渴望原来那样强烈，潜伏在内心的深处，自己一点也意识不到，是不敢正视……出门赶紧把这副嘴脸藏起来，唯恐久梅看见，甚至唯恐外面所有的人看见。如果让任何一个人看见，灵燕都觉得胆是寒的，天地是黑的，一点光亮也不透。可她一直没见到久梅，她们住得这样近，一次也没看见。命运就是这样吊诡，时过境迁，自己登门来找久梅，是来叙旧这样简单吗？

唉。

想起久梅舒适的环境和时尚的衣着，就像覆盖了自己的意识和意志，灵燕轻轻叹了口气。

她是不是整脸了？！

灵燕兀自一惊，觉得毛骨悚然。久梅有变化，是在往以前变。这不科学，她是不是真的整容了？灵燕自己睁大了眼，觉得不相信。也后悔没能仔细留意她的脸。整脸当然是好的，没有人不喜欢自己美起来。但久梅整脸，怎么说呢，灵燕有些幸灾乐祸。她想人还是天然一些的好，纯天然，说明你人没毛病。否则……就像人需要手术，那是因为你有病！灵燕后悔没偷偷拍张照片给适子看。适子眼毒，有时在视频里看到美女，灵燕说好看，适子一眼就能看出：鼻子是垫的，眼皮是割的。

久梅莫非也垫了？这样想，灵燕牵了下嘴角，心里的滋味更浓了些。久梅的皮肤像婴儿那样嫩滑，一定是做拉皮了。

自己说她年轻了五岁，看来是说少了。

"我小时候啥样，二婶记得吗？"灵燕对着相框镜子问。这里的照片过去是灵燕的，从小到大，有十多张。现在换了二婶的儿子、孙子。她的照片被母亲悉数收走，但把相框留下了。

"胖胖的，虎头虎脑。你爸说，这要是小子多好啊。"

"我是在哪出生的？"

二婶认真地想，显然想不出来。"你妈不让人看，天天猫在屋里不出来。你妈多小气，她生的女儿是个宝，谁多看一眼就像能少一块肉……要不你能这么胖？"二婶亲昵地说。

灵燕咯咯地笑，"她为啥只生一个？"

"生一个好啊！"二婶一脸羡慕，"女人生一次脱层皮。我坐四个月子，回回都像要去鬼门关……你妈天天读书，也许是有啥办法少生。你妈嘴紧，她不说。进门许久不开怀，我们都以为她不会生养，谁知憋出个金蛋。你小时候就像个肉球，比画上的娃娃都好看……后来能考上大学，村里人说，别小看时寒之，人家要生就生有用的。我也不想生这么多，没法儿呀……"

二婶话说得断断续续，着头不着脑，逐渐又有鼻涕淌了下来。灵燕赶紧去给她擦。二婶把纸抢了过来，"好像我连鼻子都不会擦……你打听这些干啥？"

"我妈总说我随我爸，可我觉得一点都不随。"

"咋不随。"二婶说，"你爸聪明，你也聪明。你爸干啥像啥。看你二叔，就会让我生儿子。"

灵燕终于笑了出来，笑弯了腰。直起身时眼角漾出了泪水。她用手背抹了抹，说从没听过二婶这样讲话，二婶原来也会说笑话。二婶也笑了，像苍老的母鸡发出的咕咕声。说那些年家家争着抢着生儿子。我四个儿子生了八个孙子。我说，就不能生个闺女得得已？瞧你大娘家的灵燕……

灵燕说："我没出息呀，二婶。一辈子就当个工人。人家久梅……"

灵燕没提防，顺嘴就说了出来。

二婶鄙夷，"不孝顺蛋用没有，爹妈也不能跟着享福。她那姑爷三块豆腐高，听说是当官的。就是当皇上又能咋样，看不起草鞋亲戚。"

"人家不是不孝顺。"灵燕说，"久梅还给胖大娘买过貂皮袄呢。"

"是能吃，还是能嚼？"二婶不屑，"一个人住一座房子，像个老孤燕子。平时连鬼影都难看到，年节呼啦来一帮，又呼啦走一帮。哪里是来瞧妈，纯粹是给妈添病。"

灵燕想起久梅的话，说胖大娘还能种二亩地，一条街的人都来这里串门子，看来这是想象。

灵燕懂二婶的意思。母亲在城里也自己住，但在村里人看来，母亲这是有了安置，而胖大娘生了七个儿女，却没被安置，她住的还是自己的老房子。儿女都从这里飞走了，只是偶尔飞回来。胖大娘一直想跟着哪个儿女进城，大家约好了谁都不带这个头，说等老了动不了了，就请个保姆。要说久梅有条件，但显然她也不想这样做。她说胖大娘在乡下过得很好。

老人都难，但各有各的难。灵燕没想到自己在这件事上有了风评，都是爹妈生养的，接到身边有那么困难吗？灵燕不理解。胖大娘与别的老人不一样，她的儿女们都很有出息，是她嘴里的骄傲。她经常说，要去这家住几天，要去那家住几天。可一天也没见她去别家住。对她的要求，儿女们都置若罔闻。

"你爸从小就是凄惶人，凄惶来，凄惶走。"二婶眼圈红了，又用手绢去蘸眼窝。父亲三岁死了娘，五岁有了后娘。后娘对他不好，就差没穿芦花棉袄。这些灵燕是听母亲说的，还说父亲对后娘比亲儿子还好，一直伺候到终老。这些灵燕只是有模糊的印象，那个小老太脚小得像粽子，走一步晃三晃，冬天跟他们睡一铺炕上。久梅告诉灵燕，你爸跟你二叔不是一个妈。灵燕回家问父亲，父亲说咋不是？跟一个妈差不多。

灵燕也没深究。这跟她没什么关系，灵燕不上心。

窗外人影一闪，二叔回来了，边走边说："我大侄女来看我了，外面停着出租车。咋没开自家的车？"兴奋溢于言表。

灵燕谎称车子今天没空。突然激灵了一下，她对久梅说自己不会开车。"我是打车来的，像我这么笨的人……"这样的谎话随口而出，甚至不需要理由。久梅必是听出了她讲述的前后矛盾，因为送父亲的骨灰时，是她把车开到了骨灰堂。

还有回罕村的时候，那时灵燕开辆小破车，但她是最早有驾驶本的人。

久梅并没有戳穿她。或者，她根本不在意灵燕说些什么。她听灵燕讲话就像刮西北风，她总是截断她的话头。

灵燕心中生出了许多悲凉。

二叔说："那就有空再回来么，又不在乎

这一天。"

灵燕笑了笑，没说什么。

二叔说："出租车收多少钱？"

灵燕说我没问。

"你们还是有钱。"二叔背过身去给灵燕倒水，端过来时说，"让人坑了也不算个啥。"

灵燕说："现在出租车的生意不好做，坑人的还是少数。"

二叔一拧脑袋，说："少数？跟你妈一样傻，被人骗了也不知道。"

灵燕看着二叔。问："我妈哪里傻？"

二叔说："她一辈子买书看书。书都能把她骗了，书上写的都是假的。买书的钱攒到现在，也是笔大钱了。"

灵燕说："她喜欢看书。"

二叔说："就是不知道过日子。否则你们的日子能过到天上去。"

灵燕很想说，你不买书看书，日子也没过到天上。她叹了口气，说我也不喜欢看书，我是二叔的闺女吧？

二婶说："他哪有这福气。"

二叔的神情黯淡了一下。看着柜子上的那些纸盒子，有点胆怯地上手摸了摸。脸色柔和了些，但嘴里说："买这东西干啥，都华而不实。"

就像被马蜂蜇了一下，灵燕心里瞬间充满了气体。她当年也认为母亲华而不实。她慢慢让自己平复了。她想，也许我们都是华而不实的人，或者，都有华而不实这一面。这样想，灵燕隐隐高兴了一下。

二叔一点不像父亲。父亲从不说伤人心的话，即使那些年被二婶骂，即便那些年被母亲瞧不起，父亲仍说母亲是菩萨。灵燕也从没听他回骂过二叔。这一点，他很像母亲。他们都不像罕村出产的人，二叔这样的才是。她散淡地回应说："您说得对，我跟我妈一样，都不会过日子。"

二叔是心疼钱，而不是嫌弃这些东西。如果母亲在场，肯定会这样想。

或者，二叔是在想，我情愿不要这些东西，

给我些钱就好了。

八

太阳升到了中天。不，早已是午后了。灵燕走出自己家的宅院，回头看了眼。母亲在西窗根下种向日葵，灵燕年年有瓜子嗑。种到这里就是防人偷，但家贼难防。有一回，灵燕把大个转盘贴在肚子上，用衣服罩住，给久梅送了去。回来母亲撩开她的衣服看，"痒不痒？痒不痒？"给她用湿毛巾擦了擦，扑了些痱子粉。母亲故意问："刚才干啥去了？"

灵燕指了指自己的鼻子："不是我。"

母亲说："久梅有瓜子嗑了，开心吧？"

灵燕嘻嘻地笑。她每送给久梅礼物就特别开心。

二婶趴在窗子上给二叔努嘴使眼色，刚巧被灵燕看到了。二婶发现灵燕看到了，那张扁平的脸倏忽就不见了。灵燕不想探究这内容，但这里似乎确实有内容，二婶难道还有话说？灵燕没有心情关心，朝二叔挥了下手："您别送了。"

二叔在院子里吐了口痰，说："等我死了这房子……"顿了顿，二叔似乎觉得话说不出口，又另起一行说，"你妈啥时回来住都行。"

难道我是来看房子的？灵燕愕然地停了下脚步，跟着心里一忽悠，意识到二叔有更复杂的想法。

难怪二叔误会，你确实不是专程来看二叔的，来看二叔不过是副产品。这样的念头一闪而过，灵燕没说话。她从没想过房子问题。房子是母亲的，她才有权处置。在这个问题上，她从没操过心。适子有时候还有想法，问姥姥有没有签租住协议，他们要住多少年？"将来我回去搞个民宿，现在民宿可挣钱了。"母亲回答说，都是自家人，谁住都一样。他们的房子遭了雷击，又没有能力翻盖，不住这里还能住哪里？一句话就绝了适子所有的念想。在母亲的心目中，房子大概只相当于一捆柴火，除了烧饭没有其他用项。"二叔不用这样想。"灵燕有些难过。父亲刚去世不久,她不想听二叔说生呀死呀之类的话。她不想给他负担。她想起了父亲的话:你妈是活菩萨。过去不理解,现在想起来别有一番滋味。

"都是一家人,不用客气。"灵燕说。

灵燕一直计划二叔往外送她时单独跟二叔谈谈,但此时意兴阑珊。灵燕现在当真觉得那问题不重要。没有想的那么重要。今天真是中邪了,心里总冲撞着一些念头,但临时又自己推翻了。在久梅那里时是这样,来到了二叔的家里也是这样。这些问题只有自己面对时是个问题,而在二叔和久梅面前,那些问题都显不出重要。也许,那原本就不是重要问题。或者,那根本就不是问题。揿下车窗,见二叔倒背着手站到了墙根下,身后是一株干枯的槐树。冬天的槐树光秃秃,了无生机。二叔站在那里,二叔也了无生机。二叔曾和父亲学木匠,可他连板凳也打不好。父亲无论怎样努力都教不会他，二叔心笨手也笨。笨人却能生儿子，这是他们引以为傲的地方，因为他们才能续上朱家的香火。车子轰然发动，二叔错后时一个趔趄，差点撞着槐树。二叔有些张皇，眼神放过来，隔膜且陌生。乍见到灵燕时不这样，不知是在哪个节骨眼，二叔的心绪复杂了。灵燕的到来，让他意识到了房子的归属问题，进而有了复杂的想法。过去有嫁出的女泼出的水的说法。这房子姓朱，而灵燕出了嫁，原则上就不再是朱家人了。老一辈都是这样说的。年头深了，二叔已经拿这里当自己的家了。哥哥的房子，自己住最是理所应当。混沌的思维中，二叔翻滚着这些想法，也愈发拿不准灵燕回来的目的，眼前便愈发迷离。"她租车都不谈钱，她不缺钱，城里人都不缺钱。"他擤了把鼻涕，抹到了槐树上。灵燕把视线从二叔身上移开，小声催司机师傅快走。她从小到大从没跟二叔亲近过，现在也拿不准该怎样面对二叔。如果二叔没有住自己家的房，情况可能简单得多。车子朝前蹿去，她只来得及晃了下手，说天气冷，二叔多保重，快回屋吧。二叔只约略摆了下手，就不见了。灵燕发现，他跟父亲一点也不像。没有早晨在小区遇到的那个人像。二叔没父亲皮肤白，也没父亲眉目开朗。父亲说话绵软，像那些从木头身上刨下来的刨花一样。也许就因为父亲心中有个菩萨，而二叔，菩萨立他面前他也不认识。

你认识菩萨吗？灵燕问自己。

车子拐了一个弯，就到了久梅老家门口。灵燕让司机停下车，说请等几分钟。半扇门敞开着，灵燕进到了院子里。小时候觉得这院子阔大，围墙很高。现在看，阔大只是个虚词。靠西墙是开放的两间棚子，堆放着许多杂物。这些杂物肯定都用不着了，只是没人帮忙清理。那些生产和生活资料，都曾发挥作用，如今就像垃圾一样堆放。灵燕还记得胖大娘穿貂皮袄的情景，人就像只棕熊。那时适子还小，偶尔与久梅的女儿一起玩，但她们没建立起亲密关系。适子甚至记不起久梅女儿这个人，如今在英国读书。但记得胖大姥姥，每天穿着貂皮袄在街上走，天气热了也不舍得脱。胖大娘是个有意思的人，买块肉都得用手托举着回家，唯恐别人看不到。胖大娘的很多举动大家看不惯，就像母亲时寒之的许多举动大家看不惯一样。但没人敢当面说胖大娘，她能搬块石头把你家的锅砸了。母亲不一样，受了委屈只会哭，把父亲慌得不知所以。胖大娘家若是丢根葱，能骂得一条街的人都睡不好觉。母亲则极力掩饰，不让灵燕知道。"那个磨盘倭瓜呢？"灵燕明明记得头天晚上还在一块石头上坐着，早上起来就不见了。"让黄鼠狼背走了。"母亲给她讲故事，说黄鼠狼娶媳妇用得着，人家正在家里用倭瓜做大餐呢。

　　胖大娘正在睡觉，肥大的身躯侧起来面朝炕脚，像竖起的一块墙壁，她真是越来越胖了。这样的肥胖病，在乡下的老年人中很少见。这样的身体怎么还能种二亩地？灵燕想，久梅未免太夸张了，而且夸张得如此随意。她过去不这样。就像她的脸过去不这样。屋里一股老年人特有的气味，圆桌还在炕沿下支着，盘碗里的剩菜剩饭都干巴了。灵燕站了一会儿，没有惊动她，悄悄退了出去。

灵燕想起了很多往事，都与母亲溺爱有关。母亲对她未免太好了，才让她生疑。久梅被打得鬼哭狼号的时候习惯来她家。"你妈咋不打你？"抹干了眼泪，久梅气鼓鼓地问。灵燕就去问母亲。母亲说，因为你乖呀。她也这样告诉久梅，久梅非常抵触。"乖个屁！"久梅说，"你就是笨，连淘气都不会！"确实，淘气也要被久梅带领。有一次，她们去窑地附近挖野菜，顺便偷了两只小母鸡。灵燕把母鸡拿回家，母亲用一只草筐扣上了。吃了晚饭，天黑透了，母亲拉着她把母鸡送回了窑地。母亲什么也没说，回来让她趴在背上，她很快就睡着了。转天久梅来看那只小母鸡，说她拿回的那只居然生了个蛋，还带血！"你家的母鸡生蛋了吗？"久梅神秘地问。灵燕这才想起还有母鸡这回事。她们挖野菜逮了母鸡搋到筐里。灵燕是学久梅的样，逮了只黑母鸡，久梅逮了只芦花鸡，芦花鸡比黑母鸡个头大。久梅偷东西也比她偷得好。母亲抢着告诉久梅，在灵燕睡一觉时，那只黑母鸡飞走了。母亲用双手比画，那只鸡像只大雁，扑棱棱扇动着翅膀，只一刻的工夫，就不知去向。灵燕懵懂了很多年，她恍惚记得把那只黑母鸡投进了窑地的栅栏里，但不确定。那也许是做梦，真实的情况就是在她睡着的时候黑母鸡飞走了。她从没细究过此事。往事淡淡地携带着让人困惑的信息，此时想起来，灵燕恍然懂了母亲为啥要那样说。她不愿意灵燕失去久梅这个朋友。

差不多是唯一的朋友。

灵燕突然泪蒙双眼。你怎么会怀疑她不是生你的人呢？如果不是她生你，还有谁能够生你呢？

从东大门下了出租车，灵燕就像走进了一幕情景剧的下半场。她脚步轻盈，内心敞亮。眼下自己就是主人公，从一辆淡青色的出租车上下来，走进了金黄色的彩虹小区。追光灯无遮无拦打在身上，她就像长途跋涉的旅人，在

光的照耀下走向自己的安心之地。她擦着绿化
带的边缘走，小心地避让了寥落的行人。他们
都心事重重，拧巴的脸上写满了对严寒和病毒
的畏惧。灵燕与他们擦肩而过，感受着内心的
快乐和对世事的澄明。这一天就要过去了。这
一年就要过去了。没有什么能够阻挡时光的流
逝，还有那些在时光流逝中的短暂呈现的念头，
都一同消失了。好多好多啊！好多好多年啊！
这时的灵燕与早晨迥然不同。她在心底细细分
辨，早晨她就像一个病人，她确实是一个久病
初愈的人，在屋里蛰伏了许多天，对外面有一
种战战兢兢的期许，不可告人。如今这些都消
逝了。在时间的尽头，自己变得通透。她笃定
而踏实，像得胜的将军迈着稳健的脚步。再不
会有什么意外发生，灵燕想，时间已经来不及
了。魔法师也不行！这世界按照钟表的节律运
行，谁都奈何不得！她为这个想法偷偷笑了下，
有小小的感动和满足。她庆幸心中的想法没有
说出口，不管对久梅还是对二叔，把它们留在
心里才不会造成困扰。成熟的女人就该这样。

这最末一天，她终于弹跳起来，站到了高处。审慎地看清了以往的一些人和事，这很重要。生活中，没有比这再重要的事情了。她甚至觉得，以后的日子全都由快乐组成。她并没有告诉司机师傅怎样走，只要她不说左转右拐，出租车就笔直前行，这是规则。当她突然发现来到了彩虹小区门口，她"哎哎"叫着让司机停下了车，她要在这里下车。司机没有多收费，在灵燕的预估范围内。开走前司机师傅说了句："祝你好运。"

哈，这是什么意思？

这是她买的第一套房子，在这里住了八年。装修用了橡木板材，一百四十块钱一平方，那时觉得真贵呀！企业效益好，方波跑业务能拿提成。房子装修出来就像宫殿，她和方波两个人在地板上坐到半夜。地上铺了实木地板，散发着一股好闻的气息。那时就想在这里永远住下去，可女儿一天一天长大，生活一日一日翻新，高品质的小区在不停地招手。两人谋算了一个晚上，用公积金贷款，又换了套双卫的，就为了女儿有独立卫生间。这次有了经验，再不搞所谓的"豪华"装修，走简约、简洁路线，其实也是手里的钱不够用。但女儿的房间贴了壁纸，卫浴高出一个档次。连毛巾、浴巾、洗发护发用品都买最好的。这就是当妈的人，恨不得把心掏出来喂给女儿。哪个当妈的不这样？母亲尤其如此。她从书里学到了很多东西，又传给了女儿。灵燕虽然不看小说，但主人公的那些品性，还是能间接传导过来。灵燕有个好性格，是厂里广受欢迎的人。厂医为了能让她吃樱桃，备好了抗过敏药看护她，别人哪有这待遇！只因为你吃樱桃不过敏，就怀疑不是亲生？哪有这样的道理！灵燕紧着说服自己，有一丝淡淡的羞愧和感伤。母亲在别人眼里是笑话，在父亲眼里是菩萨。在这个世界上，父亲是最理解母亲的人。母亲虽然总是唠叨父亲，嫌这嫌那，父亲却能一笑了之。灵燕觉得父亲脾气好，其实，远不是这样简单。母亲除了是父亲心中的菩萨，肯定还有一种叫爱情的东西存在着。父亲爱着母亲，这毋庸置疑。

好光亮啊！朱灵燕感叹了一声，觉得空气都有丝丝暖意。母亲就是小说里的人物，一辈子活在自己营造的氛围里。她养大了一个女儿，长成了她想长成的样子。其实，她们是普通人，就长成了普通人的样子。她们都很满足。灵燕自己其实也在小说里，就像母亲从窑地把她背回家，天上有星星，空气里有花香。她在母亲柔软的背上枕着自己的梦。她做梦都想变成让人喜欢的人，像久梅那样。她做到了，而且不比久梅差。多么像小说。只是你为什么现在才能感悟到？

灵燕只是轻轻咳一声，楼道里的感应灯就亮了，它们越来越敏感。站到房门前，灵燕掏出钥匙，却没有马上开门。隔着薄薄的门板，她想了一下母亲在干什么。在看书，肯定是这样。一本书母亲来回看，经常看得神经兮兮，兀自笑，兀自哭，耽搁了许多事。胖大娘手里的饼子用筷子横着一劈两半，中间夹了一掐子葱，咬上一大口，酱汁顺着嘴角流。她呜噜呜噜说，你妈若是嫁到别人家，早被打死了。胖大娘塌着眼皮说这话，肥大的肚腹在胸下折叠成三层，一副凡人瞧不起的样子。灵燕顿觉难堪和耻辱。她觉得，这不单是在说妈，也在说自己。灵燕是又蠢又笨的破小孩，将来只有被人打死的份儿。那个晚上差点成为灵燕人生的终极，她一个人在河边走，如同行尸走肉。后来学到这个成语，灵燕在课堂上马上想起了那个夜晚。母亲嘘着声音在河堤上喊她，生怕惊扰了别人。她在河边蹲下了，故意不理。银亮的月色下，鲤鱼跳起时吓了她一跳，她跃起了身。她惊慌的样子被母亲发现了，就是这样巧。母亲踉跄着跑下河堤，一把把她搂在怀里。

"将来我不结婚。"

"由你。"

"我怕被人打死。"

"怎么会？"母亲说，"大家都喜欢你，你又可爱又漂亮。"

"你撒谎！"她愤怒地嚷，"大家为啥不喜欢你？"

母亲眨巴着眼看她，不知她为啥要这样说。

"可你不是我呀！"

这是她唯一一次对母亲发火，以后再没有过。那年她十三岁，在懂事和不懂事的边缘。她知道母亲因为自己的一句话犯了几个月的神经，偷偷地一把一把吃安眠药。

书里的字一个一个码在一起灵燕全都认识，但就是不明白它们为什么要待在一处。你就是笨，又蠢又笨。久梅说得一点不差。灵燕笑了下，又顿住了。你不是不明白，是不想明白，是嫌恶那些字。很多时候，你也嫌恶叫时寒之的这个人。因为，她恨不得把那些字吃进去。面对那些字，你庆幸跟她不一样。甚至怀疑不是她亲生的。这些念头涌起来，她心里一汪，手脚陡然就凉了。房门自动打开了。母亲总是能在第一时间发现她，就趴在窗口等她来。那书就垫在窗框上，看一段，瞅一眼窗外。但她没事不主动打电话，还嫌父亲黏人，"灵燕还上班呢，你别让她总往这儿跑。"她想女儿，但她从来不直接说。

"妈，我饿了。"灵燕说。

九

只要看到妈就饿，饿了就找妈。是下意识，也是灵燕从小到大的习惯。她早餐用牛奶熬了麦片，方波不爱喝牛奶，她用各种办法打破牛奶的原味，加些丁果或巧克力，用榴莲或苹果泥制成小点心。这些创意是得益于网上的教程，灵燕操作起来乐此不疲，这一点其实挺像母亲。灵燕把产品带到厂里让同事品尝，大家都说她手巧，说方波有福。"我可笨呢！"她总是习惯这样说。这不是客气。"我妈手才巧，她能把饺子包成一百种花样。"饺子放盖帘上，个与个长相不同。她拍了照片发朋友圈，得了许多喝彩。"我只能包几种，多了就记不得了。"但这已经够让大家吃惊了，许多人饺子只会包一种。于是大家都知道她妈是大户人家的女儿，从年轻时起就爱逛书店，现在在家也喜欢看书。甚至都不需要戴老花镜。现在的老人，看书的都是珍稀动物。"你妈都看什么书？"同事们都很好奇。"就是一些小说，她专门看外国的，我记不住书名。真的，我一本也记不住。"灵燕从没看过那些书，她对小说的抵触与日俱增了一段，又轻贱漠视。村里人都不看书，母亲因为看小说，形象黯淡。灵燕有意无意地消解那些书对自己的影响。

母亲去给她热饺子，她从小就嘴紧，吃饭从不分时候。有时一天能吃七顿。这一身肉就是吃出来的。有啥办法呢，她有个好耐性的妈啊。灵燕这屋那屋看，除了父亲不在屋里，其余都没变化。衣架上甚至挂着父亲的上衣，好像他随时都能穿走。窗台上果然扣着一本打开的书。很旧，纸质已经泛黄，封面开裂了细细的纹理。灵燕走过去歪着脖子看，"《傲慢与偏见》，什么意思？"灵燕嘟嚷着又念了一遍。她想记住这个书名，以后再有同事问起，也好回应。封面人物身上已经褪得颜色模糊，但灵燕还是能看出正在读书的姑娘，穿着长裙光着脚丫，窝着身子把一本书放在膝盖上。另有一位姑娘站在她身后看，脚下有两只神兽雕塑，像秃鹫。虽然形象模糊，但灵燕能看出她们轮廓的美丽和丰腴，穿鲜艳华丽的衣服，后边那位姑娘手臂上戴一只手环。都是不经意地附着。重点还是那本书，吸引了两人所有的注意力。不知她们与"傲慢和偏见"有什么关联？灵燕突然有了想看一本书的冲动。她想看小说。

"妈，我想看《傲慢与偏见》。"

母亲在厨房也许没听见，也许应答了灵燕没听见。她坐椅子上，翻开第一页："有钱的单身汉总要娶位太太，这是举世公认的真理。"

"这条真理还真够深入人心的。每逢这个单身汉新搬到一个地方，四邻八舍的人家尽管对他的心思想法一无所知，却把他视为自己某一个女儿应得的财产。"

这文字真有趣。灵燕从没体会过文字让人愉悦和欢欣，像小溪淙淙流过干涸的心田，无端漾上来的幸福，就像饥饿时面包从烤箱中自己跳出来，岂止气味引人。这些暗黄色的纸张，不知被母亲翻了多少遍，不知母亲从中得了多少抚慰。"妈，'傲慢与偏见'是什么意思？"灵燕有点耐不住性儿，她想快些知道内容。

"谁都会傲慢，谁都有偏见。"灵燕竖起耳朵听到了母亲的回应。

"你不会把女婿视为女儿的应得财产。"灵燕对照着书说，"妈，你把方波当什么？"

"方波就是方波。"顿了顿，时寒之从厨房走了出来，"你今天怎么啦？"

她没有理会，用屁股自动去找椅子。窗下的这把木板椅就是母亲常坐的，上面有一层薄薄的软垫。她在这里让阳光照明，所以母亲总是心明眼亮。灵燕记住了"贝内特"这个人物。这是小说第一个出场的人，还有一个是他的妻子，就像不见其人先闻其声。"你有没有听说内瑟菲尔德庄园终于租出去了？"这声音在脑子里回漾，却是母亲的。她隐隐记得母亲读过这段话，她装睡，然后就真的睡着了。母亲叹息着起身，自言自语说："这丫头，怎么一听书就犯困？"

母亲从小就想培养她阅读，最终却培养了

她抗拒。

母亲喊她吃饭时，她已经看到了第三页。然后，又坚持看了两页，真有些爱不释手。"小说原来这样好看。"她咕哝，"原先竟一点也不知道。"

灵燕举着书往餐厅走，把书放餐桌上。"因为啥傲慢，因为谁偏见？"她脑子里的疑团一个接着一个。"这两个漂亮姑娘是谁？"

把第一个饺子送嘴里，才发现母亲并没有应答她。母亲用蒜泥、香油、醋和生抽勾兑了蘸料，辣酱也摆上了桌。母亲又去热稀饭，又去拿干果。桌子摆满了，母亲仍不肯坐下来。

"方波呢？"

"他在家。"

"啥时回来的？"

"前天。哦，大前天。"灵燕随口说。

"你的样子像饿了几辈子。慢点吃，别噎着。"

母亲跟父亲不一样，从不对她的事刨根问底。也许，就是那种分寸和边界让灵燕感受到了隔膜，也让她生出了疑惑。这种隔膜和疑虑一直若有若无。父亲的离去，让她有了紧迫感。怀疑与自我怀疑不是突然跳出来的，而是累积叠加的。若是父亲在，这家就是另一番情景。她跟父亲总有说不完的话。而她跟母亲，经常是自说自话。也许就是书阻隔了她们。灵燕眼神里的漠视和轻贱不止于伤害。这样想，灵燕心里生出了愧疚，默默塞进嘴里几个饺子，居然没留意是什么馅。

"我今天去找久梅玩了，她当处长了。"她不知道怎样解释今天，这一天对她很重要。她觉得，自己成长了。这样的词很可笑。她确实觉得今天的自己与以往不同，她特别希望跟母亲交流。"她小时候管我叫破小孩。我记得很清楚。我那时是不是特别笨？我非常羡慕久梅……不是羡慕，简直是崇拜。"灵燕笑了一下，继续说，"上学的路上碰到抱孩子的妇女，久梅上去就扒拉孩子的脸，说这小孩真俊。其实那孩子一点都不俊。她就是会说话。为了学说这句话，我练了很长时间，到了才发现还是说不出口。即便见到真俊的小孩子，依然说不出口。"灵燕的脸上汪上来红晕，回忆仍让她有羞怯感。若在过去，她不肯说。这一年的最末一天，她想证明些什么，她想告诉母亲自己已然证明？其实她没想清楚。她的目的似乎一直在变。"她好像整脸了，脸蛋特别光溜，只有眼角的皱纹才能让我看出是她——你说她是不是有点傲慢和偏见？"灵燕假装兴致勃勃。

母亲困惑地看着她，感觉今天的灵燕有些可疑。

"不要跟人家比。"母亲看着她说，"自己过自己的日子。适子阳了吗？"母亲有自己关心的人。

"山里空气好，我一直没让她回来。"

"元旦也不回来？"

"她当红马甲志愿者。"

母亲开冰箱，拿出一瓶酱菜，是她自己腌的。说已经腌了十多天，现在吃正是时候。"走时别忘了带上。"

灵燕原本想说罕村，说自己去看二叔了。这话在嘴里兜兜转转，没说出来。灵燕有些心虚。一想到母亲也许会从自己的脸上看出端倪，她就把话咽下了。

"你今天是不是有什么事？"那本书就在母亲眼前，她悄然拿起放到椅子上。《傲慢与偏见》从灵燕的眼前消失了。

"没事呀。"灵燕假装没看见，内心五味杂陈。

"咋忽然想起找久梅？"母亲觉得匪夷所思。

灵燕垂下眉眼，她从不在母亲面前说谎。她觉得，母亲有双透视眼，任何谎话都能看穿。

"车呢？"母亲的担心漾到脸上，"我看你是从大门口走进来的。"往日灵燕都是把车开进来停到楼下。她觉出了今天的灵燕有些反常。

"嗨，您别误会。"灵燕说，"我今天早晨想上超市，走半路上突然想起了久梅，她正好在单位值班，我就打个车跑过去找她聊天了。"

"聊到现在？"母亲更加疑惑了。

"又去罕村看了二叔,快过年了么。"灵燕放下了说谎的打算,努力让语气变得轻描淡写。

"可是你没开车。"母亲像是快要哭了。

灵燕不知怎样解释好。去罕村不开车是有些说不过去。可她坐出租车的感觉也很好,那位孙师傅就像个哲学家,分别时还祝她好运,笃定灵燕是在寻亲。她已经很久没坐出租车了。如果将来再碰到孙师傅,他一定会问:"找到没有?"

她不想再说,有些乏累,长长打了个哈欠。"没事,真的没事。不信你问方波……"

母亲欲言又止。

"我爸坟里那个包裹,"灵燕突然想起了这件事,"你装了啥?"

母亲在她面前坐着。父亲说她是活菩萨。父亲是能直抵母亲内心的人,父亲爱着母亲。但母亲呢?她犹疑的目光很少落到父亲身上。当然,他们不吵架,他们营造的表面和睦欺骗了灵燕很多年。灵燕觉得母亲是在表演,怀疑她是入了小说的戏。母亲看不上父亲。她一辈子靠父亲养着，却看不上父亲。这样想，灵燕眼神又开始复杂。母亲穿的是乡下带过来的衣服，灵燕给她买的新衣服永远看不到她穿。母亲节俭得有失常理。她其实一辈子也没买多少书，那些书都是反复看。

"我给你爸写的信……"想了想，母亲有些结巴地说。

电话铃突兀地响了。母亲和灵燕一起看向手机，是郭久梅。灵燕放下筷子，接通了电话。久梅问她在哪，她看了眼母亲才说，彩虹小区。久梅说："我打个电话出来，才发现你不见了……咋这么匆忙就走了？还没聊够呢！我正往彩虹小区方向走，有个日料馆子你保准没去过，他家的寿喜锅特别好。我这就过去接你，今晚好好请请你……"

灵燕说："我正吃饭呢。"

久梅说："赶紧放下筷子！"

母亲惶惑地看着她，说："别去了。你们今天刚见了面啊！"

灵燕也这样想。可就像被牵了线，灵燕手忙脚乱开始穿衣服、蹬鞋子。出来才想起，酱菜和那本《傲慢与偏见》都忘了带。但她没停下脚步，噔噔噔下了楼。

一辆银色的奔驰在摁喇叭。响了几下，灵燕才醒悟是在提醒自己。灵燕边跑边想怎么就答应了久梅。她不想出去吃饭，她想吃几个饺子然后回家。跟久梅也没什么好说的，跟她聊天一点都不愉快。她还是那么居高临下和咄咄逼人。但有一点可以肯定，她不想跟久梅走，但还是跑了出来。就像出于惯性，灵燕身不由己。母亲打开窗看着她，灵燕一边走一边朝她仓促地挥手。她出来比待在家里轻松，她和母亲彼此之间都需要重新适应，因为家庭格局变了。母亲说："早点回家……"灵燕好歹应了一声，就走出了母亲的视野。她发现，几十年过去了，自己还是那个小跟班，一点变化也没有。这让她有些沮丧。可看见久梅摇下车窗露出的脸，她就把这一切都忘了。

十

"你为什么说自己不会开车？"

"我说了吗？"

"你说了。"

灵燕尴尬地笑了下，说自己忘了。

这顺嘴说出来的，表面是想开个玩笑，其实是迎合久梅。瞧，我很笨。没有比我再笨的人了。这当然不是真的。灵燕开车八年，也是老司机了，跑高速能飙一百二十。可为什么不跟久梅说实话？是因为下意识。灵燕在久梅面前总是自动矮下半截，即使许多年不见，灵燕仍是如此。早晨跑去见久梅也不完全是为向她打听身世，潜意识里，灵燕还有更复杂的心思，只是她自己不愿承认。

你不成功。你在久梅面前永远不会成功。不管做了天大的事，还是做了完全的人，你仍是不成功的那一个。

如果不见到久梅，灵燕很少想起这些。见

到了久梅，就都想起来了。

"你为啥说我年轻五岁？"久梅不经意间把这话扔出来，是后面还有话，"你是不是觉得我变化大？"

"不是。"灵燕用余光瞟了一眼久梅，心说这话果然没说好。是变化大好，还是变化小好？灵燕拿不准。小时候灵燕就经常面临这样的难题，久梅总让她猜闷，不说结果。然后，灵燕说出来就是错的。灵燕就没对过。

"你想听什么？"灵燕有点生自己的气。

车子一个急转弯，久梅却没有减速。久梅有防备，灵燕却没防备，她身子朝前一扑，胸腔撞到了车体，狠狠被硌了一下

"你女儿叫方适子，这名字洋气。"久梅看了她一眼，"姥姥有文化，就是不一样。"

"你咋想起说这些。"车子平稳以后，灵燕忍着疼痛说。久梅说好听的话，灵燕有点不习惯。

"如果生女儿，就叫侯花魁。如果生儿子，就叫侯占魁。他就是这么土老帽。我说，这两

个名字都跟你的名字侯红贵很配。结果生了女儿真叫了这个名字，他们一家人都说这名字好。后来上初中，孩子自己去派出所把名字改了。"

"侯花魁也挺好。"灵燕对久梅的家事一无所知，但对花魁多少有点印象，"花魁不就是梅花吗？要叫侯梅花，就俗了。"

静默了足足有一分钟，久梅说："她改成了侯梅花。"

灵燕恨不得扇自己一嘴巴，话太多了。

她们坐在榻榻米上，每人喝了一壶清酒。灵燕不想喝酒，她从没喝过酒。可连久梅都喝，她怎么能不喝呢？灵燕不让久梅喝。"喝酒不开车。让警察逮着吊销驾照。"久梅马上拿出了手机，拨出了一个号码。"今晚截酒驾吗？我在居酒屋，如果被警察截到了会第一时间给你打电话。"灵燕羡慕地看着她，不等灵燕问，久梅说接电话的是公安局长。"你觉得我会怕站街的警察吗？"

"你人脉真广。"灵燕由衷地说。

"好歹也在街面上混了这些年……何况还

有老侯，男人比女人好混。"

"罕村人都知道你老公当了很大的官。"

"其实也没啥。"久梅嘴上客气，"他就是运气好。市委书记下来调研，让他汇报工作。别人都念起稿子来没完，天都念黑了，书记都着急了。到了红贵，他脱稿三言两语拣要紧的说，一下就让书记记住了。"

"侯红贵。"灵燕琢磨了下，说，"这名字真好，贵气。"

灵燕见过他两三次。小个子，四方头。久梅初领他回家，胖大娘不同意，说那张脸就是四块瓦盖的。后来这样的外号就在罕村传开了，都说久梅嫁给了"四块瓦"。侯红贵也因此很少去岳丈家。灵燕家里还讨论过这"四块瓦"，父亲比画说，额头是一块，两耳是一块，下巴是一块。以木匠眼光看，这四块瓦都长得是地方。

"奇人异相。"父亲说，"将来也许会有大出息。"

久梅给灵燕斟满了酒，说："他没别的本

事，就是有眼力见。"

"久梅，你很幸福啊。"灵燕当真这样认为。

"你不幸福？"久梅问。

"幸福与幸福不同。"灵燕一不留神就露出了窘态。就像小时候明明比久梅考得好，却非要说久梅没正常发挥。久梅这样说，大家都这样说。很多时候都是这样。灵燕看了看久梅的眼神。久梅如果两天不搭理她，灵燕就丢了魂。这种关系丢了许多年，没想到坐在一起，轻易就回来了。"我们就是柴米夫妻。"他们的日子确实捉襟见肘。两人的公积金都在还房贷，公婆在乡下还有几亩地。灵燕现在也用儿童霜搽脸。方波只认识厂里几个人，他们在这座城市经常觉得孤单。

菜上齐，她们已经喝到了第三壶。两人喝酒有点像比赛，都唯恐落后。桌上琳琅满目的各种小盘小碟本身就很艺术，再装上少量食材，灵燕甚至不敢伸筷子，担心一碰这些东西就不艺术了。

"你过去从不说谎。"久梅说，"你从啥时开始说谎的？"

"我说谎了吗？"灵燕眨巴着两只眼看她，她只是没说实话，这与说谎有着本质的区别。

"你爸真的死了？"

灵燕的脸腾地红了，这话近似侮辱。她张口结舌地看久梅，不明白她怎么会问出这种话来。

"哈，我就是开个玩笑！不过，你真一个人把他埋了，连你老公都没告诉？"

灵燕垂下了眉眼，她脑袋有些沉，但很清楚，久梅明明不是这样的意思。

"吃菜，吃菜。"久梅搛了一只甜虾给灵燕。她知道自己过分了，是她想过分。那种冒犯的感觉让她快乐。除了冒犯灵燕，她也找不到更合适的人。她刚刚被冒犯过，问侯红贵回不回家吃晚饭。侯红贵说省里来了领导，晚上要住宾馆。久梅知道他狐朋狗友多，想诈他一下：跟女人住宾馆？侯红贵只发过来一个字：滚。这样的表述过去可当玩笑，现在不行了。几年前就不行了。女儿没出国之前，两人还有情面。女儿一飞走，他们俩比路人都不如。这是久梅的感觉。越隔膜越想缠绕，是内心多了焦虑和忐忑。久梅给他打电话，想问清楚究竟住在哪家宾馆，打了十几个人家都不接。久梅不清楚侯红贵越来越恶劣的态度是不是跟她整容有关。他很少看她的脸，而且拒绝与她睡一张床，说半夜醒来害怕。他们其实分居很多年了，久梅是想用整容挽救，可她失算了。所以久梅邀请灵燕出来吃饭不是吃饭本身这样简单。她心里窝着一团麻，有些抻扯不清。但表面要云淡风轻，在灵燕面前保持优雅和体面，这很重要。甚至，比在任何人面前都重要。"别看外边闹疫情，但这家老板总有办法把海产品从外面空运过来。你看这鱼虾，都是正宗的日本货。"久梅移动盘碗，给端上来的寿喜锅腾地方。"隔壁有点吵，你让小孩子安静点。"她对服务员说。

　　服务员穿碎花小袄，深鞠一躬出去了。隔壁小孩子偶尔发出一声啸叫，灵燕听见了，但没觉得不能容忍。

"你尝尝寿喜锅，是不是好吃？"

"就是火锅么。"灵燕憋出了一句话。

"是寿喜锅！"久梅尖声叫了句，"我们经常到这里来，日料中寿喜锅与天妇罗是灵魂！"

"啥天妇罗，就是油炸食品。"灵燕在心里嘟囔了句。

灵燕看着藕夹和白薯片，色泽金黄。她小时候爱吃油炸食品，母亲连玉米饼子都炸一下。本质上，油炸食品的味道都差不多，灵燕对它们不陌生。但吸取刚才的教训，没说出来。她后悔跟久梅出来。氛围不对，胃口也不对。她和久梅不像一对老友，倒像一对冤家。灵燕是人缘好的人，却取悦不了久梅。久梅就像毒黄蜂，说出话来字字见血。她薄嘴唇，小时候就是有名的刻薄鬼。关键是你自己，为啥在她面前就要矮一头呢？灵燕困惑地想，似乎不由自主，腰就是弯的。今天的灵燕有点像鬼使神差。从早晨到现在，一直是鬼使神差。她偶尔看向久梅，久梅兀自吃，旁若无人。灵燕拨弄那只甜虾，戳烂了，也没往嘴里送。

"我今天去罕村看二叔，顺便去看了大娘，大娘正在睡觉。"灵燕觉得有必要告诉久梅，不知她有多久没回罕村了。

久梅不撩眼皮，她不想听灵燕谈这些。

方波这时打来电话，问她在哪。灵燕小声说，在居酒屋，跟闺蜜吃日式料理。"你喝酒了？"方波惊讶。灵燕嘻嘻地笑，说他是狗鼻子。"你吃饭了吗？不好意思，今天把你忘了。"方波说他没事，做了醋熘白菜。灵燕差点跳起来："糟糕，我是去超市买菜的，竟然给忘了！"方波宽厚地笑，说："你晚上回家睡吗？如果姥姥需要你，就过去陪陪她。"

"你知道了？"灵燕一怔。

"适子早告诉我了。"

"我回家。你还得给我暖脚呢。"灵燕不是轻薄的人，她不过是在陈述事实，但难掩撒娇的口吻。她喜欢把两只冰脚放方波的肚子上。"我的脚就像死人脚，他给暖透了我才能睡着。"灵燕红着脸这样解释。

"喝酒，喝酒。"灵燕缓过来心情，主动给久梅倒酒，"我们今天一醉方休。"

久梅的脸却越喝越白，两只眼睛像刀锋一样割向灵燕。

"我说错话了？"灵燕瞥了她一眼，垂下了眼帘。脑子里映出母亲放进父亲坟墓的那个包裹。她给父亲写信，这一点，灵燕从不知道。

也不知都写了些什么。灵燕此刻特别想知道。

十一

那个晚上发生了什么，没人能够说清楚。这件事在埙城沸沸扬扬半年，也没结论。当事人季小姐在隔壁的一间包房用餐，她和闺蜜两个人，各带一个孩子。人家是个女孩，一直都很安静。占魁不行，又叫又跳，把榻榻米当蹦床。后来他下地穿鞋，说出去看看。他是趿拉着鞋子出去的，听动静也没走远。后来占魁自己说，他扒开了隔壁那道竹门，与他们用餐的包房一样，里边是两个大人。那个胖胖的阿姨说："小朋友好可爱，进来呀。"占魁进去了，站在离胖阿姨近的这边。阿姨问他叫啥，几岁了。他说叫侯占魁，今年五岁。另外一个就像老巫婆，说他长得怎么像四块瓦。侯占魁不高兴地说："你咋叫我的外号，我不认识你呀！"

事情是在一瞬间发生的。那个寿喜锅飞了起来，直冲占魁的面门。胖阿姨在瞬间跳起来，挡在了孩子面前。但她站不稳，赤脚踩在地上，身子是倾斜的，像护着小鸡的母鸡一样承受了那些汤水。那汤水还是热的，若是落孩子脸上，说不定得毁容。感谢胖阿姨挡住了那只铁锅。铁锅飞起来就像飞碟，边缘像刀子一样锋利。快速旋转着过来，正好割破了她的颈动脉，那个房间都让她喷出去的血染红了。

侯占魁大叫着逃了出去。他没看见那个鲜血喷洒的场景。他只是被老妖婆吓着了。

"那个扔锅的女人呢？"有人问。

季小姐回答："她说此事纯属意外，她没有想伤人。"

"那就是精神出了毛病，那一瞬间，她想让什么东西飞起来。"

确实没有伤人的理由。埙城人都这样说。只是可怜那个胖胖的女人，吃顿饭却送了性命，这不是该着是什么。

人们议论了几天，就又去议论别的了。

鬼指根

一

　　沿石径而下，先是遇见了一棵榆树，而后又遇见了一株五角枫。叶子都落在了地上，韵致还是与其他杂木不同。在乱石嶙峋的山坡上，有一点贵族似的威仪。同样作为一棵树，榆树就差了水准，虽说它也长得高大且健壮，细碎的枝条像喜鹊衔来的，蓬蓬地乱，在蓝天白云下，像鸟儿为所欲为。老皮长了许多瘤子，看一眼就让人觉得心里不太平。

可这一面山坡，也就这两棵像些样子的树。其他都是灌木，在石头缝里歪斜着身子，一副不屈不挠样。荆条、玻璃树、酸枣棵子、野葡萄藤，忽而遮住路径，忽而从天而降般落在身上，抻扯着不让人走。倪依小心地避让，手腕还是被划出了血道子。牛仔裤有些混不吝，姜黄色的绒衣则沾满了鬼指根，成千上万。鬼指根又名灰灰菜，春天可以凉拌或做馅饼吃，像许多野菜一样，能上餐桌。但深秋它们就脱了形，从叶子中间挑起一根细细的茎，顶着球状的针型尖刺，挑衅样的随时连发枪弹，准确无误地击中你，把你变成一只刺猬。所以走出那条横向草径，倪依哭的心情都有。她想，怎么那么倒霉，看着好有诗意的一条路，也杀机四伏。

横向草径与那条石板路呈"丁"字。石板路开阔了些。拨开落叶，能看见那些青白色的石头磨出了水墨画的效果，呈慢坡状。但也会有矮矮的几级台阶，镶嵌在花岗岩的山体上，上面躺着陈年的松针和松塔。倪依回望了一眼，石板路曲曲弯弯向上，不知通向哪里。她迟疑了下，还是朝山下走。晚风拂过，一片清凉。晚秋的太阳摇摇欲坠，很有些英雄气短。干燥的松针在脚下发出飒飒声。她好奇地听，几棵古松便撞到了眼里。它们都倚在路旁，身边护卫着巨石，像穿了铠甲。是皴黑的青石，被久远年代的琼浆注入了肌理，生出古怪的苔藓。古松的枝杈使劲朝石径上伸，倒像是要为行人遮蔽风雨。倪依有些好奇，这里荒凉，但不荒蛮。这样一条规整的石板路明显不是现代工匠所为，倪依叹了口气，现代工匠可是没这手艺。

终于看见了瓦灰色的屋脊，身后长着一棵巨大的桑树。因为父亲常年咳血，桑叶清咳养肺，老家的院子里就种有不止一棵。所以无论剥了皮还是落光了叶子，倪依都认得。这棵树是柄大伞，一看就是爷爷辈的产物，倚着的石头墙都被撑裂了，硕大的树身有小半部分嵌进了墙缝里，看着特别心疼。转而又想，是先有

墙后有树也未可知，那样不容易的就是墙而不
是树了。石板路从这里分了岔，倪依拣有打扫
痕迹的地方，从左侧绕了过去。眼前豁然开朗，
原来是一处建筑的地基，被荒草掩映。一个年
老的妇人抱着一捆柴从石头后面冒了出来，从
另一侧往房子方向走。原来那里竟住了人。一
瞬间倪依有些呆，想这人一定是孤身住在深山
里，与清风明月为邻，与林木花鸟为伴，这就
是神仙啊！走近了，发现样貌也寻常。倪依叹
了口气，想这荒山野岭，该有多孤单。见到一
个人，也许会高兴三天。但倪依一点也不想打
招呼。她从一座无名山上下来，走得头和脚都
是木的，心却从未有过地寂寥。身上的鬼指根
被风吹得飘摇，但就是不肯往下落，就像身上
中了千尾羽箭，很是有些心悸。寻了花岗岩石
阶坐下，小心地把手肘支在膝盖上，下巴托在
掌心里。还是想那些羽箭，若是刺穿身体，该
是千疮百孔。于是通透的感觉油然而生，身体
一阵寒凉，似有风穿膛而过，带着刺啦的响声，
这让心有了轻盈的感觉。这里朝向东，正好与

刚才走过的那条草径呈夹角。草径下面就是几米深的沟壑，里面都是滚山石。那些巨大的石块圆咕隆咚，被远古的地壳运动磨去了棱角，有一块居然有半个房屋大，让人叹为观止。那两棵像些模样的树被暮色包裹，逐渐模糊了影像，它们同周围的山石杂木混淆在一起，倪依只能从方位上看出个大概。

距离也有难处啊！倪依对着薄暮轻轻说。

"这里凉，去屋里歇着吧。"

老人无声地落在了倪依的身后，倪依其实听见了她窸窸窣窣的脚步声，动静像一条大尾巴松鼠。倪依不愿意回头，是不想自己的清净被打扰，她不想见一个不识时务的人。被羽箭刺穿的身体正在淌血，寒凉过后一阵战栗，倪依在想流尽最后一滴血是什么感觉。老人却在她身后蹲下了，动手摘她身上的草刺。"我看见你从那边过来的，路不好走。瞧你这一身鬼指根——我没事也不往那里去，草把路都吃了。"声调平和安详。

"草把路都吃了。"倪依喜欢这句话，不

由重复了下，"您也知道这叫鬼指根？"

"春天的灰灰菜么，可以做馅饼。"

"您也喜欢吃？"

老人摇头说，不喜欢。山上有很多野菜都比灰灰菜好吃。羊麻叶，大蓟小蓟，苦碟，蕨菜，都能吃。"灰灰菜稍微老些就发柴，要不能结鬼指根？鬼指根最讨厌了。"老人说话的腔调有点不拿自己当外人。

"还有什么好吃的？"倪依逐渐有了还阳的感觉，似乎是从一个阴冷的世界穿越了，"这里是什么地方？"

老人说："这里是千佛寺遗址，你若是春天来，南边的坎下都是野香椿，山里气候凉，时令要晚几天，但比城里卖的香椿味道浓。再晚些，那边都是野桑树，桑葚个头不大，但酸酸甜甜的特别爽口，都是玫瑰红或葡萄紫的颜色……"

倪依回味一下，突然一激灵，转头。还是那张普通妇人的脸孔，眼有点小，眉毛稀疏，细碎的皱纹横七竖八。但生了一只悬胆鼻，这样好看的鼻子可不多见，而且不会因为年老而塌陷。"您刚才说……这里是千佛寺？"倪依傻傻地张大了嘴巴，就像再也合不拢。冷气入直肠，她简直要哆嗦。看老人点头，她迅速把头转了回来，在两排牙齿之间塞进去一根手指。那根手指慢慢弓了起来，她用力啃。可怎么也啃不痛。痛神经呢？难道隐遁了？她特别渴望痛一下，让意识能有附着。她没想到这里就是千佛寺，鲍普不止一次说过的千佛寺。眼前一片空茫，乱石，杂树，大面积的柴草在秋风中招摇。风景肯定在山上，鲍普曾经见识过的风景，在山上……倪依痛苦地摇了下头，问野桑树在哪里。老人站起来往东南方向指，说那几棵是杏树，杏树前边是柿子树，柿子树前边就是野桑树，只是没有柿子树高……柿子树这东西霸蛮，无论长在哪里都趾高气扬……秋天就它结果子，叶子落尽了，果子仍挂在枝头上，像灯笼那般炫耀……你看见了？

　　"这些树有的是和尚栽的，有的是山民栽的。再早这里住着三五户人家，后来嫌孤单，都搬山下去了。那些果树没人打理，都长疯了。也许是孤单疯的，谁知道呢。树也会发疯，也嫌孤单……我见过的。再早柿子长成磨盘样，是磨盘柿。后来就越来越小，焦黄精瘦，模样就像核桃……"

侃依象征样地欠了下身子，她眼前水雾蒙蒙，其实啥也没听见。她的思维还在打转转。这里原来是千佛寺。鲍普曾经说过的千佛寺，地处深山，还没开发开放。满山的怪石，到处都是线刻佛像，那可真像一个王国啊！他摄影时偶然走到这里，就被迷住了。他搞摄影不专业，却是很迷的发烧友。从鱼眼镜头到超广角，从中等焦距到长焦距，办公室的套间里像个陈列馆。后来八项规定出台，他把套间挖了一个门直通走廊，一间变两间，上面挂了个"资料室"的牌子，其实里边的格局和内置都没有变。"这样真的好吗？"她曾委婉提醒。他却不以为然。"哪天我带你去千佛寺看看，在那里扎个帐篷住一夜，也许能遇见神仙。"他开这样的玩笑。他的帐篷也是专用的，据说能抗八级台风，里面放一张充气床，抵得上半间瓦房。这个玩笑让倪依心有惴惴，可也心生涟漪。如果说她有愿望的话，那么愿望还没变成现实，鲍普就失踪了。那一晚他值班，晚饭以后他一直在办公室批阅文件，抽屉张开着，外套披在椅背上，手机在桌上放着，显示有十几个未接来电。一杯沏好的滇红丝毫没动，但茶是冷的。他习惯把杯子沏满，水浮到了杯沿上。那是只白瓷杯，某次会议的纪念品，上面还有主办方的名号。那些长短镜头安静地趴在隔壁房间的木头格子里，可镜头里却是空的。

他的办公室装有摄像头，却是关闭状态。那一晚发生了什么没人知道。

老人一根一根摘掉鬼指根，刚才蹲在左边，这回转到了右边。倪依能感觉到左半个身子骤然轻松了，她不由晃了一下膀子，她有肩周炎，骨头缝里发出了欢快的叫声。倪依问她家住哪里，为啥一个人住在荒山野岭。老人说，她是退休的小学教员，家在埂城。这房子应该是庙产，几年前她跟朋友逛山景走到这里，看到这儿有座房子保存完好，就七手八脚收拾了。住了几年，从来也没人管没人问。查了史料才知道，这里是千佛寺遗址，山上有许多石刻佛像，憨山大师修行的山洞也保存完好，甚至有流浪汉在那里过夜。

"有水有电！"问完这句倪依就笑了。她不知道憨山大师是谁，她关心的都是世俗问题。

老人说，山谷里有条溪流，山上如果不开山放炮，水还澄澈，做饭饮用都没问题。当然也从外面带矿泉水，但矿泉水泡出的茶远没有山泉水泡的茶好喝。也有人想从山下的村庄拉项电过来，被老人拒绝了："烛光和油灯才配这里的清风明月。"

"您肯定是教语文的。"倪依心里有了澄澈。

"人老了，就剩念想了。"

老人拍了下倪依的肩，说鬼指根都摘完了。"天不早了，你该下山了。"太阳果然躲到了山阴处，薄暮像纱一样在眼前缭绕。倪依不想动，她感觉到了周身的舒泰和轻松。那些羽箭被拔下，也似自愈了伤口。这个素不相识的老人，像上天派来的老神仙，也像个老母亲，掸了掸她背上的浮尘，把她拉了起来。倪依感觉到了那手是一种干燥的温暖，从小臂和肩胛往腹腔传导，让心感到了熨帖。丝丝凉气被逼出了肠道，倪依不动声色地出了次虚恭。

摸了摸口袋，除了汽车钥匙，就是巴掌大的一块手机。狠了狠心，倪依从脖子上摘下了一个挂件，犹豫了下，还是戴到了老人的脖子上："送给您，做个纪念。"

棕色的绳子上挂着深棕色的一尊菩萨。老人慌忙挡了下，却没有倪依手快。她用手捻了捻，反复摩挲，对着天光照看，凑到鼻子底下闻，迟疑说："一片万钱。姑娘，太珍贵了，我不要。"说着，就要往下摘。

倪依赶紧拦下了她的手："不值钱的，您别见外。"

老人说："你甭瞒哄我。这种奇楠沉香的老料很稀有，放到水里就下沉。你没试过？"

倪依愣住了："阿姨……"

"叫我张居士。"老人还是把挂件摘了下来，套到了倪依的脖子上，双手捋着给她摆正。老人打量着说："就应该是你戴的物件儿……天快黑了，快些走吧。注意脚下，山路不好走。"话没说完，兀自往回走，边走边在草丛里捡起了两根木棍，想是要去烧火了。

二

春天，倪依接连两次来了千佛寺。第一次是一个人来的，把车停到了外面的村庄里，换上旅游鞋，走进了深山。因为目标明确，没有像深秋那次翻山越岭误打误撞。自然，也没有粘上鬼指根。因为气温跟深秋时节差不多，她穿的还是那条牛仔裤和姜黄色的绒衣，在枯燥的山野间，很打眼。没有机会横穿那条草径，她居然有些惆怅。很多时候，她怀念浑身挂刺的那种感觉，那会让她觉得血脉通畅，身体里似养了一眼活泉，每一个细胞都似蝌蚪。过一段就又不行了，她像一尾死了的鱼，整个身体平板、僵硬而又寒凉，呼吸都觉得不顺畅。她觉得自己得大病了，跑到市里最好的医院挂专家门诊，凡是能检查的科目都查了。医生说，她比很多同龄人的体质要好。除了体重有一点轻，没有任何毛病。"体重轻难道不是病？"她问得认真，把医生逗笑了。医生是个须发皆白的老人，说你这个年龄的女生都在减肥，你这样说是在开玩笑吧？

　　既然没病，就只能上班。行政局的院落烟雾笼罩，因为隔壁是家宾馆的伙房，大笼屉里每天蒸得热气腾腾，气味都被排风扇排了出来，往这边熏。倪依总有饥饿感，跑过去买了几个开花大馒头，在办公室吃得旁若无人。其时，人都躲了出去，在旁边的屋子窃窃私语。大家回忆说，过去倪主任这样吗？是吃猫食的人啊，而且注意形象仪表。现在怎么像饿死鬼托生的？怪异当然不止倪依一个人，还有行政科的小宋，值班的时候半夜起来耍大刀——别人以为是大刀，其实是个长条木片，平时就在楼道的拐角处戳着，还是当初施工时遗落下的，

一头薄，一头厚，正好是一柄大刀的长短。有
人看见小宋要够了又把木片放回原处，奇怪的
是，那木片就像从来没动过地方，上面的灰尘
一星也没落。早起问他，他居然毫无记忆。还
有那块泰山石，像影壁一样矗立在大门口，足
有几吨重，上面刻着繁体"龍"字。大家有目
共睹，这"龍"是朝向里边的，某一个早晨，
突然发现朝向外边了！这条"龍"长腿了！大
家都知道，失踪的鲍局就是属龙的人，当年为
寻找一块能刻字的石头，他几次去山东。大小、
形状、纹路、颜色，鲍局都严苛。底部筑有托盘，
接茬处严丝合缝，石头难道会自己转个身？谁
都不肯承认是记忆有了偏差，大家情愿以讹传
讹。新来的沈局是个胖子，偏偏胆子奇小，他
偷偷从邻县找来了风水先生，让他拿着罗盘绕
着楼房跑着转了几圈，在局务会上则说那人是
来考古的。司马昭之心，哪个不知？他们在后
院的杂树丛中发现了一眼塌陷的井。按照风水
先生的指引，他让人把那眼井清理了，填实了。
上面种上一棵"吱吱叫"。这是一棵柴树，却

是稀有树种，据说可以辟邪。风水先生家的后院种满了"吱吱叫"，随时听候差遣。他信誓旦旦说，这是口老井，是庙里和尚挖的。井里鬼怪已经驱除，你们就放心吧。这让沈局起了一身冷痱子。行政局的局址是一座庙，俗话说宁住庙前不住庙后，但局机关的楼房是在庙址上盖起来的，这让沈局搬进来时胆都是寒的。

鲍局办公室里的东西都被清理了，这已经是三个月以后的事。沈局却说啥也不进那间办公室。粉刷以后买了圆桌和椅子当会议室，沈局却从没在那里开过会。

第二次，倪依是跟黄柏一起来的。黄柏跟在她的身后，三五步远的距离，从不走到她前边来。自打认识倪依那天，他就从不习惯走在她前边。他只习惯在她身后注视她，默默的。她走哪，他跟到哪。但不跟紧，让她在自己的视线之内，女儿都上高中了，还说爸是妈的跟屁虫。就如眼下，她踩着摇动的石头突然下到了谷底，他有些犹豫，是不是也要跟下去。他看着她跃起身形跑过了河床，在一块巨石下面查看，那块巨石真有半个房屋大，东南角的方向是翘起来的。她先蹲下，后又匍匐着身子，用手扒拉。那里有些更小的石头，像巨石生出来的蛋，都圆滚滚。他站在高处看着她，她知道他在高处看着她，他对她不是漠不关心。有一段，她总在夜晚接听电话，他就偷偷去电信局打了通话清单。她知道，却假装不知道。他从不问她详情。有什么好问的呢？自己来的那次，在张居士那里吃了闭门羹，门缝里夹着一张纸条："张居士去城里买火烛，傍晚回。"纸条显然不是留给她的，但她把纸条收走了。她发现，纸条上的字是碳素笔写的，很耐看，像书法作品。从这里过，她忍住没到石头底下来查看，既然下决心丢掉了，再查看还有什么意思呢？她硬生生地从这里走了过去。眼下跑过来查看，是因为黄柏在路边站着，掐腰，外衣搭在手腕上，帽子压住了额头，长帽舌把镜片吃了，只看见耳朵上架着两条眼镜腿。他距她不远，却形象模糊。

　　她越来越煞有介事。正转三圈，逆又转了

三圈，像旋风一样。

"你为什么不问我查看什么？"她问得有些荒凉。

"上面好像是千佛寺。"他偏着头，去看那片山峦。她没向他提起过这个名字，他地理比她熟。"传说憨山大师曾在这里修行，大师是安徽全椒人，怎么会来这里？"似在自言自语。

她越过河床走了上来。

"过去讲究云游么……憨山是谁？"

"明末四大高僧之一。另三个是藕益、云栖、紫柏。"

"他们都是哪里的呢？"她问得随意，其实是听不得他显摆。

"藕益是江苏人，俗姓钟。云栖俗姓沈，久居杭州云栖寺。紫柏全称叫紫柏真可，法名达观。"他回答得真诚，就像这些问题对她很重要。

她扭转过身去，背对着他。面前是自己的影子，被太阳拉得修长。此刻他看不见她的表情。她不喜欢他这种见多识广的样子，带着几许讨好。她的脸上有一种亘古的寂寞，像这山坡上几十亿年前的石头。最大的石头无疑是眼前这枚，像一个放大了倍数的恐龙蛋，足有半间房子大，居然是暖色调，有被孵化的迹象。只是，谁能孵化它呢，也许是神……去年深秋，她一个人横穿草径粘了浑身的鬼指根，就像中了千尾羽箭。一个年老的妇人拔去了那些箭，似乎也治愈了她的伤口。无以为赠，她想把脖子上的挂件赠给她，她却说"一片万钱"，拒绝了。

她离开寺庙遗址，下到了谷底，把挂件放到这块大石头下，用几块小鹅卵石埋住，上面又遮了一块石板。她短暂地想过"一片万钱"的问题，但并没有入脑入心。得承认，这枚挂件越来越让她寝食难安，感觉到它与肌肤接触，过去是心怡，现在是惊骇。那种沁凉，像是在偷袭，这让她的感觉很不好。有时候，她的确有种眩晕感，就像从高空快速跌落。但她从没有想把它摘下来，因为没有合适的理由。她羞于没有理由摘下这枚挂件，觉得不名誉。遇到张居士的那一刻，她发现，她已经很难再挂回去了，所以步下台阶时，她就拿在了手里。想起接受馈赠时，双方是怎样的随意。那是在杭州开会时的餐桌上，鲍普随手丢过来，说送你个玩意儿。碰巧倪依喜欢。她觉得，是他在外边随意买的。即便是随意买的，她也喜欢。就是这样。如果当时鲍普说"一片万钱"，那会成为一块烫手的山芋，倪依绝不可能接受得这般心安理得。

她站在高处仔细分辨，不会记错，应该是那块大石头，是整个河床里唯一的一块，足有半间房屋大。她上次来没有下去查看，是调动所有的意念阻止了这个欲望。这次却没有挡住好奇心。就是因为有黄柏在场，让事情跌下了可能有的高度，成了世俗中事。可意外的事仍在发生，那尊佛像被有缘人请走了。

她挥一挥手，是想告别以往的岁月。她被那些岁月折磨得苦不堪言。

"你来过这里？"他们往遗址方向走，他在她身后问。

"来过。"她回答得寥落。随之，又让自己振奋了一下，指向那条横向草径，眼下已经草木葳蕤。说自己一个人走野山，从北面的山顶翻过来，下到了那条小路上，扎了浑身的鬼指根，这里有个老居士，在台阶上一个一个给她摘，"就像上天派来的老神仙，摘完那些鬼指根，她眨眼就不见了踪影。"

后半句，她是揣度着自己的心情说的。

他简单地"哦"了声。他从来都是简单的、不求甚解的模样。他从不追她的话题，他们很难合上拍。"瞧啊，这里有块石碑！"他像小孩子一样雀跃，摘了眼镜远看近看，模糊的地方用手去摩挲。然后，又拿出了湿纸巾，从上到下清理尘埃。"草、隶、篆，三种书法形式同时出现在一块碑上。千像祐唐寺创建……天啊，这是块唐碑！"

那又如何？

她灰着脸靠在一株树上，仰头往上看。天蓝得通透，都在枝条的缝隙里。这才发现是株桑树，翠绿的叶子掩映着青森森的果实。熟的时候分别是玫瑰红和葡萄紫。玫瑰红和葡萄紫！这是那位张姓居士说的！她的心"嗵"地一跳，像是被铁器重锤了一下。杏树也巨大，柿子树也巨大，因为无人打理，树冠都显得臃肿而庞杂。老居士说桑葚是野的，过去这里有人居住，后来都搬走了。这里离村庄远，果子不值钱，被村里人撂荒了。

那这些果实就属于张居士了。春天采桑葚，夏天吃杏子，秋天把涩柿子溇脆，估计她掌握了这些技能。这样的生活也是倪依想要的，能跟她搭伙就好了。倪依想，不知她收不收我。

黄柏激动地开始拍照片，横拍竖拍，有些字放大了拍。他喜欢书法，属于艺术范畴的东西他都喜欢。可埧城实在太小了，没有哪些艺术家能入流。这一刻，他把世界忘了。眼睛瞪到最大，拍得一丝不苟。一边拍，一边嘴里称赞，太棒了，真了不起。这碑老县志上有记载，没想到还能亲眼得见。今天太值了！倪依知道，接下来他会发朋友圈，把这一发现告诉天下。打一大段话，每一句都有一个惊叹号，让人喘不上气。然后整块时间抱着手机等别人点赞。有时候，他也在后台给人留言："你上我的朋友圈说一句话。"然后便是长长的一段回复，引经据典。他肚子里有东西，那些东西都要被沤烂了。可这些东西倪依却看不上。倪依偶然发现他搞这种小动作，却连拆穿的心情都没有。今天从家里出来，原本没有目的地，是他自个儿拐上了山道。倪依想也好，可以到山里转转。只要是自然的景色，到哪里都一样。穿过村庄，有个三岔路口，他开向了通往千佛寺的路，就像冥冥之中注定的一样。倪依木木地坐着，看着熟悉的风景从眼前掠过。上次她一个人没敢进山，云雾在山尖上缭绕，不时幻化人形。松涛阵阵，空中不时飞起惊慌的鸟。倪依有些胆怯。她居然有胆怯的时候！她揣着张居士的纸条走了。自己也奇怪，为啥要拿不属于自己的东西，好像不是字好那么简单。

　　她落寞地看着他，腰腿站得酸痛，移步靠到了另一棵树下。是棵柿子树，有皴黑老旧的皮，七裂八瓣，有小虫子在那些裂缝里飞。小青柿子只有指甲盖大，佛一样倒坐在托盘里，那托盘就像朵莲花。那感觉真是奇怪，认识这么多年，倪依从没觉得那像朵莲花。一大片云影飘了过来，把太阳遮住了，又飘了过去，太阳似乎只是藏了个猫猫。倪依终于不耐烦了，恹恹地说："好了吗？"

"就好就好。"他赶忙应。

她还是率先走了，有赌气的成分。她总是和他赌气，他从不知道为什么。在他眼里，倪依聪明，漂亮，会为人处世，扫地都比他扫得干净，家常饭都比他做得好吃。更要紧的是，倪依孝敬公婆。老家的井水含氟量高，她每周去送矿泉水，风雨无阻。每次去，婆婆都要把她送到村外，看不见她的车影儿才回转。在他眼里，倪依浑身都是优点，跟在倪依眼里的他截然相反。倪依总是说，烟灰落地上了。你又喝酒。鞋子怎么不放鞋柜！牙要刷三分钟！东西从哪拿的要放回哪里，告诉你多少次了！倪依说这些都是带着气的。于是他戒烟，戒酒，把鞋子摆放整齐，刷牙时自己读秒。可倪依仍是不满意，说他的鞋子买得太便宜，衣服穿得没品位。我一个中学教师，每天吃粉笔灰，要品位有啥用？逼急了他也还嘴，甚至开口骂人。可骂完他就后悔。老婆是用来宠的，不是用来骂的。有次他狠狠扇了自己的耳光，让倪依凌厉的眼神一下就塌陷了。

她经常会想那位老居士，不知这个冬天她是怎么过来的。她一直惦记她。只是那种惦记在心苞深处潜伏，自己都能忽略。一个陌生人，你凭什么惦记人家！拾级而上，倪依坐过的台阶爬着几只蚂蚁，寻寻觅觅。蚂蚁总是爬几步就停下来，嗅一嗅，心机很深的样子。还隐约能见到几个鬼指根，被风刮到了石头缝里。倪依固执地认为那就是她从山上披挂下来，又被老居士摘下的那些羽箭。经过了一冬一春，还在石头缝里隐匿，待射向何处？她抠出来一个，放到手心里捻，好在它还坚硬，毛刺还能扎痛皮肤，虽说只是一瞬，她仍还有感觉。这感觉好，比麻木要好。黄柏匆匆朝这里走，手机横握着。他个子不矮，只是背有些塌。再加上倪依站在高处，黄柏就像矮下去好大一截。黄柏还有些谢顶，那些招摇的头发有了花白的意思。倪依很吃惊，黄柏刚满四十七岁，按道理正是男人的好年龄，他怎么就衰老了？

倪依情不自禁摸了摸自己的脸。

三

他们之间有故事。世界上没有没故事的夫妻。但像他们这样能走进传说的，少。他们两个曾在同一所学校教书，他早来一年，追她追得不动声色。早晨给她买饭，晚上陪她散步。她父亲咳血住院，他比她往医院跑的次数都多。校长偷偷劝他，说你找倪依那样的女人干什么？在家里供着？他是有些自卑的，家在农村，其貌不扬，笨嘴拙舌，可他就是喜欢倪依，这是没办法的事。足足用了五个寒暑，如果不发生意外的事，估计倪依还是天鹅在空中飞着。有段时间她疯狂背英语，去水库大坝，面对着一大片清湛的湖水。暮色四合，可她就是不想动。书上的字母模糊了，她把书贴在胸上，抱着膝盖想心事。她不喜欢眼下这份工作，虽然在城边子上，属于镇办中学。同事中女人居多，每天的话题都是丈夫、孩子、婆婆、大姑子小姑子。她也是从村里出来的，可她的眼界、意识比她们要高，烦恼和痛苦比她们要多。她不喜欢这样的话题和氛围，这也是没办法的事。她在学校里很孤独，就偷偷写诗，可越写越孤独。有同学出国了，她动了心思。她从小就喜欢英语，能让英语派上用场也是心愿达成。可家里死活不同意她走，老师是多好的饭碗，多少人做梦都谋不到。哥哥姐姐都土里刨食，你是家里唯一的指望，去了外国你让父母靠谁？父亲拉着母亲找到学校，让校长好好管管她。

"这么大的中国还搁不下你，你对得起国家的培养吗？"父亲是村里的老党员，有家国情怀，凡事爱从大处着想。她每天背英语背得心力交瘁，一走了之的事每天都想，却又犹豫不决。本质上，她也是个喜欢纠结的人，耽于幻想，付诸实施却难。她摇摇晃晃站起身，头有些晕。

天已经黑得不成样子，风搅动湖水拍岸，送来阵阵腥气。一条鱼大概被摔痛了，发出了悲伤的唧唧声。她抖了抖酸麻的右腿，刚一转身，一个黑影忽地扑过来，把她放倒了。一块尖石头硌了她的腰，她的后脑跌落在一个树坑里，因为堤面本身坡度大，这让身体呈一个反向弧形，让挣扎出现了一个短暂的时间差。她一声"救命"没容出唇，嘴里就被塞进了一把泥沙，她被呛得险些一口气憋过去。男人撕飞了她的衣服，口水涂到了她的胸脯上。她抖得一塌糊涂，牙齿像是在敲梆子。又一道影子掠过来，把那个男人掀翻了。她慌忙往起爬，看着那男人顺着坡道往下滚，迅速沿着水边跑远了。

暗淡的星光下，她凄厉的哭声就在喉咙口，却在泥沙的封堵中发不出来。她稍一吸气，就有沙粒落进嗓子眼儿，人就像窒息一样动弹不得。黑暗就像一个巨大的阴谋，参与制造了对她的侮辱。黄柏一只手臂揽住她的腰，另一只手臂垫在她的下巴底下，让她干呕的时候能借些力。嘴里说："别怕，别怕。有我，有我。"

她脖颈断了一样垂着脑袋，往死里咳。黄柏半拖半抱把她弄到了水边，撩些水给她洗脸。她终于咳净了嘴里的秽物，一下咬住了黄柏的手掌一侧，久久都没有松开。

王居士、李居士、谢居士……她们彼此这样叫，也让她这样叫。三间房子里很热闹，不似她之前想象的孤寂和冷清，她们不像是在这里修行，倒像是来野餐聚会。这些都是六十往上的老人了，腰腹松懈，头发稀疏，发根像虮子一样生出一片雪白。但她们都神情愉悦，表明这是个快乐的群体。倪依进来的时候，她们正在做馅饼。一口大锅冒着蒸腾的热气，有人抱柴，有人烧火。两只铝盆放在灶台上，一只盆里是金黄的玉米面，另一只盆里是切得细碎的野菜。只有野菜看起来有一种神奇的暗绿，拌了大蒜和葱姜，散发着神秘的香气。面团放到手里摁成饼，弓起手背使之成为凹槽，抓一把馅放进去，两手合起来腾挪，口越收越小，直包得天衣无缝。馅饼贴进锅里，张居士一抬头，显然还记得她，用平淡的口气说："你今天运气好，赶上了头茬野芹菜，这可是野菜之王啊。"倪依原本还想客套，客气话却说不出口。她发现，在老居士们面前任何客气都多余，因为没人注意她。她问野芹菜长什么样，大家七嘴八舌告诉她，野芹菜长在水边，跟超市买的芹菜不一样。颜色深，叶子碎，但口感好。山里的野芹菜长在溪水边，没污染不说，那水还含矿物质，野芹菜生在水中，肯定也吸足了营养，就跟吃中药差不多。至于她是谁，从哪来，到这里干什么，谁都不关心，好像她原本就是她们之中的一分子。又或者，她就像山里的一棵草或一根木头，全无打听的必要。

　　"上次我来过。"倪依走到张居士的身后，有点迫不及待，"您去城里买火烛了。"

　　"你把我的便条拿走了。"她像是什么都知道。

　　"您没以为是风刮走的？"她好奇。

　　"风刮不走我的东西。"她说出来更像是禅语。

　　场面突然安静了，只有蒸汽袅袅。倪依挨

在锅边，神情专注地看她操作。把面团圆，再
捏出饼的形状，裂缝用两根指头抿好，馅饼里
就成了一个黑洞洞的暗房，包裹了所有的秘密。
她看得有些痴。她自己也做馅饼，却从没生出
过如此复杂的心绪。水哗哗翻开，饼子贴在锅
壁上，倪依数了数，正好十二个。

"能有我一个吗？"倪依吐了一下舌头。

"有你两个。"张居士平和地说，"不是
还有一个人吗？"

黄柏没进屋。他在院子里打一晃，伸长脖
子朝里看了一眼就不见了踪影。

倪依无话。她突然心如止水。

"我也喜欢做馅饼，用野菜。但从没用过
野芹菜。"

张居士问她用过什么菜。倪依说，灰灰菜、
人揪菜、起起牙、落落菜。女人们纷纷表示这
些菜都吃过，但都没有野芹菜好吃。

"你爱吃还是他爱吃？"张居士说话的角
度与别人不同。

倪依愣了下，有些犹疑，不知如何回答。

　　张居士却不是指望她回答的样子。包完最后一个馅饼，净了手，招呼倪依说："屋里坐吧。"

　　留下一个烧火的，其余都跟着进屋。倪依想，烧火的是谢居士，跟进来的就应该是王居士和李居士了。女人上了年纪，模样实在不好分辨。都是一张扁平的脸，眉目模糊。都穿着大花的衣裳，拥红倚翠，晃得人眼都是花的。倪依进屋才发现香烟缭绕，供奉的菩萨慈眉善目。按说菩萨的年岁也不小了，但因为皮肤紧致，没有一丝皱纹。面前摆着一片瓜果，有的已经开始糜烂，有细小的虫子在飞，估计她们的眼睛都看不见。想起张居士曾说过"一片万钱"的话，又觉得她的眼神应该还可以。倪依注意地看了她一眼，她与其他女人别无二致，除了那只悬胆鼻。

　　那真是一只好看的鼻子。

　　"您年轻的时候是美人。"倪依唐突地说了句，却没有得到回应。

　　"你相信有来生吗？"她问。

倪依惶惑地摇了摇头。

"来，跟我们一起做功课，念《楞严经》吧。"

木鱼摆在香案上，张居士拿在手里，率先敲了一下，便闭上了眼睛。虽说很多地方吐字不清楚，倪依还是听懂了几句：若生欢心，忆佛念佛，现前当来，必定见佛……

倪依的那颗心突然有被化了的感觉。她闭上了眼睛。

馅饼现出锅，包在纸袋里，外面又裹了塑料袋，又隔油又隔热。张居士做这些时，倪依想到了上学时给书包皮，当年都算功课。有人包得好看，有人包得难看。一个人是否手巧，能体现在方方面面。张居士无疑是属于手巧的人，一双手骨节很长，折边折角都很灵动。也就她想得起来还给馅饼做个封套，倪依接过馅饼转过身去，不知为啥，心里哗的一下，汪出了一个世界的水。

是张居士催她出来，让她快吃，或跟外边的人一起吃，好东西要有人分享。时间长了馅塌腔，就不好吃了，就把这手艺埋没了。她唠叨。一句话说得反复，也说得郑重其事。话说出了几层意思，但倪依懵懂，她有些心神不宁，反复说他们早餐吃得多，才到这里，还一点都不饿。她不是想吃馅饼，而是想留在这里，跟她们在一起。说不出为什么，这里有一种吸引，让倪依不舍得离去。倪依甚至想，如果我出去了，再回来就没理由了。我有什么理由再回来呢？因为再回不来，所以不能轻易走。可张居士不回应倪依的解释，给自己盛了碗小米粥。粥熬在锅里，放在墙角的一个酒柜上，或许是剩的，已经成坨了。那酒柜擦得洁净，廉价的箱板上的黄油漆都脱落了，玻璃只剩下了半块。把手的螺丝掉了一边，它就佯装挂在那里，似百无聊赖。张居士顺势在炕沿上坐下了。她身量矮，两只脚高高地翘了起来。她穿了一条花裤，黑布鞋，脚背上是一片白袜子，蹭了些许灶灰。但那袜子的棉质真正好，一眼就能让人看出不同来。她把脸埋在粥碗里，像是没了倪依这个人。倪依的不安挂在了脸上，她觉得，张居士差不多是下逐客令了。关键时刻王居士来救命了。王居士长了一面宽大的胸腹，坐下时腿要往两边撇，好给那块宽大留出下坠的路来。她举着馅饼咬了一小口，烫得嘴直吸溜。绿菜叶子糊到了门牙上，没容咀嚼就吞下了。她梗着脖子朝向倪依说："刚才那个……跟你是一家子吧？他是不是叫黄柏？瓦盆庄的，跟我儿子是小学同学。"

就像久旱逢甘霖，倪依急忙转过身，把整张脸孔对着王居士。倪依问同学叫什么，现在在哪儿工作。王居士把玉米馅饼用几根手指托着，从左手倒到了右手，说他没有那么好的命。我儿子叫志刚，翟志刚。好名字吧？却是短命鬼，三十八岁那年得了肺癌。要说都不是外人，算起来是你跟黄柏的媒人。

倪依不解。

王居士吃吃地笑，说："现在孩子都大了吧？告诉你也没啥了。黄柏那个时候经常去我们家，跟我儿子商量对策。当年黄柏追你追不上，就让我儿子要流氓，他装英雄救美。那个晚上我儿子很晚才回来，滚了一身的土，回家就跟我要吃的。我问要成了吗？他说要成了。我说要成了黄柏也不在城里请你吃个饭。他说这个时候黄柏哪顾得上我，黄柏眼里只有那女的，重色轻友的玩意儿……从那时起再没见着黄柏的影儿，两人还因此结了梁子——人家结婚都没请志刚喝喜酒。他那个郁闷，就别提了……我们家里经常拿这事说笑话，你这媒人当的，纯属没事找抽型。找赵本山给你编个小品吧……志刚后来也后悔，觉得这事办得有点不值当，为朋友两肋插刀也不是这样的插法……但算你们的大媒，这一点总没错。"王居士开心地笑了起来，特别像没心没肺的人。

　　谢居士一直在堂屋收拾，此刻挑起门帘，往屋里探了下脑袋，说："你儿子胆子够大的，这种事情也敢做。"

　　李居士在屋里打了一晃，又端着碗出去了。想是她吃得太热了，满头满脸的汗，她用手当扇子扇风，边走边说："宁拆千座庙，不破一桩婚。要说你儿子也没做错啥，他这是在学雷锋。"

王居士说："当年我就说他傻，哪能这样给人当枪使。万一出了意外，被人反咬一口，就是跳进黄河也洗不清，你就等着打一辈子光棍吧！可我儿子说，妈你放心吧，黄柏是好哥们，他不是那样的人。再说，我俩立了字据，都摁了手指印了，那手指印可是带血的。"

张居士突然停下了喝粥，两眼睁圆了看倪依。

"字据呢？"倪依的心"咚"地一震，似裂了口子，便有鲜红的血顺着嘴角往外爬。倪依用手抹了下，啥也没有。但眼前的一切都模糊，屋里所有的物件都虚幻。那一张一张脸，都没有眉目。倪依端着纸袋的右手不停地抖，她悄悄用左手握住了右手的手腕，顺便往胸前揽了下。对面坐着的王居士样貌奇丑，鼻孔翻起来，里面黑洞洞。两只母猪眼，似描画般长了又短又粗的睫毛。想必翟志刚也是这样的样貌。在事情发生的最初两年，倪依反复想过那是个什么样的人。说来奇怪，想来想去都觉得应该胜过黄柏。

今天总算有了答案。

"早扔进灶坑里烧了。"王居士挪动了下屁股，她每说一段话都要挪动一下，似在跟嘴做呼应。"留着也没啥用……还别说志刚死了，活着也留不到现在……他不会拿着去找黄柏的麻烦。我儿子不是那种人。"她自豪。

"哦。"倪依微微颔首。她不抖了，有一种显而易见的心机。

"孩子几岁了？该上高中了吧？"王居士关切，仿佛孩子也与翟志刚有关。

"黄柏有没有感谢他？"倪依觑着眼，故意不答话。她觉得王居士的话不需要回答。

"感激啥啊。"王居士撂下眼皮，"志刚生病都没见着他的影儿。"

"那是他不知道。"倪依狠了狠心。

"给他捎了三回话，他都没过来看一眼。"王居士提高了声音，明显带着情绪。

"赶巧他没空。"倪依此刻就想把话说到极端，就像鱼要死网要破，没有什么还需要在乎。她眼睛落到馅饼上，那里有粒豆豉，像极了苍蝇。她用指头弹了下，把那粒"苍蝇"赶走。苍蝇落到地上，摔死了。她突然挑起眼神，神情中有几分倨傲："那样大的学校几千个学生，吃喝拉撒都在他这个教务主任身上，赶上上级来检查，他爹生病都没空回去。"

"教务主任是多大的官？"王居士并不买账，神情比倪依还要高冷，"知道你是公务员，总给婆家买矿泉水，三里五村都知道，黄家婆了个有本事的媳妇！"

"您喝吗？您喝我也买。"倪依突然牵了一下嘴角，有一抹嘲讽的笑。

"我老早就跟小儿子进城了，再也不用喝乡下含氟的水了。"王居士摇晃着脑袋，眼白差点翻出眼眶，"谢谢你的好心，无亲无故，我们可受用不起。"

倪依吞咽了口空气，似乎要把整个世界都吞进腹腔。

"你快吃，凉了就不好吃了。"张居士耷着眼皮过来，一句话像抽刀断水，口气却有点像家里的娘。她用身板挡在倪依与王居士中间，让倪依有一头扎进她怀里的冲动。

她不动声色地拿过倪依手里的一个馅饼，然后指示倪依吃自己手里的那一个。倪依面色苍白，像一只待宰的动物。而这只馅饼，就是她绝命之前的最后的餐食。

倪依三口两口就把馅饼吞了，噎得伸长了脖子，却没吃出任何滋味。可她还想吃。张居士手里拿了另一个戴封套的馅饼等在她面前，她不说也知道，那是给黄柏的。屋里的人都看着她，王居士除外，她看后窗，是眼神不肯落倪依身上。倪依抹了抹嘴，抹了一手背的油。她看了看，那油就像护肤品，让手背亮光光。馅饼在肠胃里东游西荡，很快就不知去向。她忽然抬起头，眼巴巴地看着张居士，像孩子那样无助。她想说，我该怎么办？这是她留在这里的理由。她知道，一旦接那个馅饼，就不能再停留。而这屋子之外，就是另一个气场。恐惧突如其来，有汗珠在脊梁沟里滚落，那汗是凉的，像包裹了层冰。倪依没想到张居士会给黄柏包馅饼。他只是露了一下头，按道理应该谁都没看真切。可偏偏谁都看真切了，为什么呢？说真的，倪依不情愿带那只馅饼。带什么带。没有什么必须的理由。他们彼此不认识。张居士完全是多此一举。就冲这点，倪依对她的好感也要打些折扣。倪依不喜欢这种自以为是。也许，她还有别的情由，不为倪依所知……倪依呆呆的，六神都失了。张居士把馅饼塞到她手里，往外推了她一下。倪依的肋骨感受到了她手的分量。那手似乎在说，你这孩子，早走就没事了。听这些是非干啥，一点用处没有。那就是些笑话。是的，她们都是当笑话听，因为王居士就是当笑话说的。但张居士不是。倪依留意到张居士睁圆了的眼睛里有难以想象的错愕和骇然，张居士意识到了这件事在倪依心目中的分量。对，她是小学语文老师，有共情能力。倪依到底还是从那房子里出来了，眼前水波荡漾，山高地阔，却是上天无路，入地无门。倪依紧咬着嘴唇，把那股汹涌的情绪控制在身体里。她知道，屋里那些人还在注视她。拐过屋角就是那株老桑树，半个身子挤在了墙体里，长着方头方脑的小绿果，这是缺水少肥的缘故。一棵长在山石间的树，它该有多少委屈呢。站在这里，正好对着后窗。倪依几乎能感觉到短睫毛小眼睛正在屋里瞭望。倪依抽抽噎噎，眼泪成片往下洒，脚下的石板路都变得潮乎乎。走过十几级台阶就是那条横向草径，朝向东。倪依疯狂往深处跑，直跑到上气不接下气。她突然蹲下身来，耸起腰背，把自己湮没在草丛里，可着嗓子发出了一声嚎。

一只猫惶急地从草丛里跳出来，"嗖"地蹿到了那棵榆树上。它听清了女人的号啕里夹杂着"我要杀了你"的话。它很惊恐。

那把泥沙在她胸口堵了这些年。一想到因为那把泥沙奉子成婚，倪依就觉得世界是模糊的，连边缘都看不清晰。年轻的时候经常自我解释，他救了我，他救了我，他救了我。否则我也许就不在这个世界上了。没人需要她的解释，是她自己需要。先奸后杀的事不少，不是谁都有她这样的幸运。劫后余生才知道什么宝贵。生命，生命，生命。不能还没开花就成为一枚死果，然后被所有人津津乐道。这是一个传奇，倪依就应该生活在传奇里。倪依不记得对多少人说起过这段往事。说过心里就安然，就祥和，就乐天知命，就对人生没有非分之想。她不是没有怀疑。她怀疑过。怎么那么巧？那里是水库大坝，绝少有人走动。除非他跟着她，预料到了她可能有的风险。他们从没就这件事情交谈过。不交谈。她不谈，他也不谈。她觉得他是羞涩，就像做好事不留姓名，有什么好谈的呢？还有，他怕她难堪。他确实是善解人意，这一点她能理解。她谈的时候永远不当他的面，倒好像，嫁给他本身需要解释，否则就是一件值得怀疑的事。这真奇怪。每每想起，她都觉得奇怪。那把泥沙就在嘴里，沙粒就往嗓子眼儿里沉落，想咳出来都难。那晚他一直送她回宿舍，查看她的伤。嘴角有血，胸脯上有牙印。黄柏心疼地在地上转圈，然后又往外走。她以为他是去报警，一把扯住了他。可他说出去买些药。她哀哀地央求他别走，她害怕，她是否害怕，自己其实也说不清楚。黄柏展开手掌，手掌一侧有一排牙印，其中两个甚至冒了血，她咬的。"我是不是该打针破伤风？"他开玩笑。

　　喉咙里一股咸腥气，往上一汪，喷出来的竟是——血！倪依以为自己眼花了，难道不应该是吞下去的那个绿莹莹的馅饼吗？她紧紧闭眼，定睛再看，那团秽物正好落在了一团松毛草上。草是绿色的，秽物却呈暗红色，在阳光的照射下，闪着诡异的光。倪依惊住了。这情景只在书上看到过，难不成自己也做了书中人物？她缓缓站起身，头有些晕，胸口隐隐作痛。"我没病。"她说，"我没病，我刚体检完。除了消瘦，哪里都健康，这是专家说的。"满目绿色厚重而奇崛，倪依撸了把树叶擦嘴，是榆树叶，有一股黏稠滞重的铁锈味。"我是急火攻心了。"她安慰自己，"这没什么，我就是急火攻心了，急火攻心。"她嘟囔着深吸一口气，继续说，"你不能再吐了，连吐三口命就没了。"她非常清楚这一点。因为父亲有肺病，她非常注意保养自己的肺。她用一只手抚胸口，频率非常快，似乎这样就能把汪上来的血捋回去。那些血没有辜负她，果然再没往上翻涌。她扯起脖子往高远处看，蓝天白云，悠悠万事，一只雁影飞得孤独。一只孤独的飞雁，越飞越高，越飞越高。"还好，老天让我知道了如果今天不来这里，不遇见王居士呢？"她对着天空的鸟咕哝，"这没什么，的确没什么。一切都是天意，不是吗？"她又对地上的虫子嘀咕。那是一只青虫，绿脊背上长着花斑纹。她吐了口唾沫，又吐了一口，直到把嘴里的颜色吐干净。旁边就是那两棵像些样子的树，一棵榆树，一棵五角枫，并排站在临近河床的地方，俯身看着她。它们中间被雨水冲出了沟壑，露出了坚硬的根须。能在这样的山体上扎根，就要比石头还坚硬。眼下五角枫的叶子还碧绿，在灌木丛中别具一格。便是与榆树比，也是独具风韵。我为什么要来这里呢？我为什么要见那个翻鼻孔的女人呢？看来老天爷不忍看我像傻子一样一辈子受蒙蔽——你还以为自己是个女王，其实不过是人家魔法里一只可怜的兔子。

知道就好，强似一辈子蒙在鼓里。

四

鬼指根也是绿的，针刺柔软，还没形成羽箭。其实，它们的羽箭还在梦的箭囊里，就像刀还没有出鞘。倪依又想被羽箭洞穿的感觉了，流尽最后一滴血。想想那种感觉就欢畅。"你总是说一套做一套。刚才一口血你就吓住了，你这种女人最没劲儿了。"倪依指点着嚷了出来，就像看着镜子里的自己。她当年不想嫁给黄柏，可上天忽然给了她一个理由。这个理由甚至让她着迷。很是有那么几年，她被这个理由魅惑着，鼓舞着。逢人便说，逢人便讲。虽然不当着黄柏的面讲。这里有什么玄机吗？有。她怕黄柏的面颊羞出胭脂红。黄柏是一个喜欢害羞的人。这是她给自己找的又一个理由。她想这些年黄柏的尽心竭力，对她，对家，对女儿，总是尽心竭力，唯恐做不周全。下楼梯要挽着她的手，走在马路上总要把她挡在安全地带。原来他心里有鬼。他无论怎样做都不能在倪依这里讨喜，这也是件残酷的事。倪依时常内疚。看来这不过是潜意识中的因果报应。世界上哪有无缘无故的恨。很多时候纯粹是鸡蛋里面挑骨头，这已经成了习惯。女儿上五年级的时候说："真不明白你为什么嫁他，我爸有什么不好，你为什么那么看不上他？"倪依吓了一跳。以后再当女儿的面，她会加百倍小心地温存体恤，但骨子里的东西难以磨灭。那只猫从树上跳了下来，冲倪依叫。倪依这才发现那个馅饼还在手里，只是遭过身体的挤压，封套弄出了褶皱，塑料袋拧成了麻花。那点温热的感觉还在，隐隐约约。她朝猫叫了两声，是模仿猫的语感和口气。她这时觉得自己就是只猫，做猫的感觉很安慰。猫果然停下了脚步，认真地打量她。倪依把馅饼的塑料袋扯下，把封套撕开，掰了一块带馅的饼子放在地上。猫试探地走过来，左闻右闻，吃得很矜持。倪依又掰了一块，这回猫吃得很迅速。倪依索性把整个饼子倒在了草丛上，把纸套团成疙瘩塞进袋子里。这是倪依的教养，她得带到山下去。倪依往回走，边走边回头看猫。大千世界，朗朗乾坤，天高云淡，郁郁葱葱。都在法则以内。倪依心里忽然掠过一道电光，都不在话下。什么都不在话下。要紧的是你不能再受伤，受伤的应该是别人。倪依咬了咬牙，她在想第一句话说什么。你认识翟志刚吗？他生病你为什么不去看他？早知道是你故意安排他去骚扰我，我就让他得手了。他得手了也没什么不好。他如果不是病死我还当是你谋杀了他。你想过谋杀他吗？这话要用轻松的语调说出来，轻松更有杀伤力。她的心很冷，愤恨和屈辱反复叠加。胸口又开始发热，血像水一样被烧沸，不能张嘴，张嘴又要喷出来。她站在石板路上，叉着腿，面对着上坡道，像个劫道的夜叉。太阳打在后脑勺上，眼前都是重影。想象黄柏一晃一晃从上边走来，黄柏就真的走来了。黄柏走得很恣意，有规律地晃动着上半身，脸上的神情是一种有所斩获的喜悦，愚蠢的喜悦。每有重大发现他都会露出这副嘴脸。

他肯定又发朋友圈了。

"你没看见我给你发微信？等半天你也不回。"还离很远，黄柏先嚷了句。他弯腰摘了几根裤子上的草刺，又一晃一晃往前走。嘴里响起清亮的口哨声，细细地朝上飞升，直钻进云层。这山里实在太安静了，有种地老天荒的静谧。他的下半身都被路两边的荆棘遮挡了，倪依只隐隐看见他身体的轮廓。"我想让你到山上看看。又一想，算了。"

他在说什么？倪依有些听不懂。

但有一句话听懂了。就像气球被扎了个洞眼，倪依的气瞬间就散掉了。她慌忙查看了下手机，正好戳到语音上，"你顺着石板路往上走，见小路往右拐，这里有惊人发现！"有打字，也有照片，因为太阳反光，不怎么看得真切。倪依也不想看真切。她对他说了些什么素来不感兴趣。她握紧了手中的纸团，她要聚拢那口气，她不想轻易放过他。倪依的牙根都是痒的。"呸、呸。"这是倪依心里发出的声音，她想啐他脸上。十步，八步，五步，倪依就要爆发了。就见黄柏抬了一下胳膊，手里拎了根带子，下面坠了只鞋。"这鞋被什么东西咬烂了，但看样子是只好鞋，不知为啥出现在山上，而且只有一只。你看看是什么牌子？"黄柏总是这样，把什么他认为有价值的东西拿给倪依看。有一次，他居然从山上捡了根羽毛，让倪依猜那是什么鸟。黄柏把鞋子拎得高高的，以便能让倪依观察时毫不费力。倪依果然被吸引了。那是只姜黄色的登山鞋，表面有许多齿痕。倪依养过狗，知道许多动物有磨牙的习惯，譬如老鼠和野兔。这山上荒无人烟，该是出没的兽类所为。那鞋子看上去雄浑结实，曾经不同凡响。她用一根手指顶起鞋底，查看商标，是德国产的顶级登山鞋。偏巧，倪依认得这牌子。

"在哪发现的？"倪依突然变得焦灼不堪。

"就在小路右侧不远处的草丛里。那里有一只松鼠，我查看松鼠的行踪时发现了它，鞋窝里爬满了蚂蚁。"

"就一只？"

"就一只。我把周围都查看了，没有另一只。"

一片树影落在脸上，倪依顿时委顿了。她突然撞过黄柏，要往山上走，被黄柏拽住了一只胳膊，倪依挣了下，黄柏没有松手。"你别去。"黄柏说。她看了眼黄柏，又扭头去看那条小路，小路被荒草掩映，只在中间留下一道缝隙。黄柏把鞋子放到一块大石头上，一只手臂揽了下倪依的肩。这几乎是他们唯一的亲密方式，倪依的头顺势一靠，黄柏把她搂住了。黄柏说，这山上阴气太重，你不适合上去。多亏你没上去，才没看见骇人的场景。倪依问什么场景骇人。黄柏迟疑了一下，挑拣说，很多蚂蚁。倪依有些恍惚，她有密集恐惧症，是个害怕蚂蚁的人。在路上遇到成群的蚂蚁，她要远远地跳开走。她在想那只鞋子，为什么是德国品牌，为什么要出现在这座山上。没有什么能够确定，比如，谁是鞋子的主人。可鞋子的命运也许就是主人的命运……谁会把一只曾经高大上的鞋子丢到山上让野兽啃咬?

倪依突然有些焦急。

鲍普新买的鞋子穿在脚上，让倪依猜是什么牌子。倪依搭一眼就猜出是LOWA，让鲍普称奇。鲍普不知道，鞋盒子是倪依收走放到了储物柜里的。但倪依不会提示这些，潜意识里，她愿意鲍普以为她无所不知。

作为下属，倪依的细心和周到无人能比。

五.

出去开了个会，那块充作影壁的石头不见了，连同那个繁体的"龍"字。倪依早晨上班，先去沈局办公室问究竟，胖子沈局说，一家兄弟单位看上了这块石头，囫囵个地搬走了。整个院子里顿显空空荡荡，倪依有些失神。那石头买来、托运、刻字，倪依全程参与，都花了大价钱。没容倪依说什么，胖子沈局头也不抬说："不习惯吧？我也不习惯。以后慢慢就习惯了。"

胖子说得对。

他连着签了三份文件，突然像想起什么似的问："鲍普……鲍局的事还要谢谢你家黄柏。听说那天你也上山了？"

倪依抽了下鼻子，说那天黄柏一个人上山，她在山下看几个居士包馅饼子，自己还吃了一个。想上去找他的时候黄柏已经下来了，手里提了只鞋。"就是那只鞋给了公安灵感，还有那些蚂蚁。那样多的蚂蚁聚集在路上往一个方向爬，怎么会没事情？多亏他的朋友圈有干刑警的人……这事比说书都巧。"

倪依打了个寒噤，可脸上毫无表情。"我没看他的朋友圈，我也没看见那些蚂蚁。"

她说的是实话。

胖子沈局合上文件夹，推给倪依，说你不给他点赞。

倪依都要起鸡皮疙瘩了，老夫老妻点什么赞？

"有什么情况随时告诉我。"沈局在开玩笑，此刻才正式了，"你怎么像在打摆子，你冷吗？"

倪依摇头，说有什么事沈局应该比我先知道。

沈局说，我没有黄柏消息灵通。他现在还在公安局吧？

倪依说，一早又被公安叫走了，说有些事情需要核实。

沈局沉思了一下，说有些话我也不知道当说不当说。倪依在办公桌对面的椅子上直挺挺坐下，一副但说无妨的表情。自从鲍普失踪，她就隐隐在做心理准备。准备些什么，却很难说清楚。总之就是最坏的打算，作为行政局的办公室主任，她觉得自己理应受牵连，这毫无疑问。沈局奇怪地看了她一眼，径自说，后面院墙有个角门，据说是鲍局开的。机关是个四四方方的院落，当初开这个角门到底是为了什么？

倪依不假思索，说因为我在后面的小区住。鲍局为了让我上班方便，开了那道门——大家都这样说。

"真实的情况呢？"

倪依别过头去，不想说鲍局这么做就是种任性行为。有次倪依上班迟到，是因为女儿中考在即，想吃木瓜西米露，倪依临时跑了趟超市。上班时间找不到办公室主任，鲍局发了脾气。他是脾气很大的人，发起来地动山摇，整幢楼的人都听得到。倪依脸涨得通红，上班十几年，她从没因为工作出纰漏。"你家离这里有多远？够五十米吗？"鲍局大声问。

倪依家的楼房就在单位的院墙外，如果能穿墙而过，恐怕真的不足五十米。可如果从外面马路上去绕，两里地都不止。

"我给你开道门！"

倪依却从来没从那里进出过。但也从此不再迟到。

"为什么不给自己行方便？"胖子沈局头也不抬。

"我不需要搞特殊。"倪依的声音冰冷，一点也没当面前的人是领导。

沈局点了点头。按说新人不理旧事，也不理旧人。他反复权衡，还是启用了倪依。他冷眼观察了几个月，发现倪依话不多说，却是个踏实做事的。有次去市里汇报工作，他忘了吩咐准备发言稿，倪依却提前安排妥当。关键是，文字水准好生了得，所有的数据都一清二楚。他弹了下手指，示意自己的话说完了。倪依抱着文件夹往外走，走到门口，沈局又说："那道角门破了风水，难怪行政局老出事。我想把那道门封起来。"

"我也这样想。"倪依转过身来，目光烁烁。

那道角门的钥匙挂在办公室的墙上，倪依从来没摸过。有时需要回家取东西，她宁可多跑上两里地。单位值班值一天一宿，她和鲍局一个班，但女同志不值夜班，这是规矩。单位外面是块三角地，长满了杂草。倪依下班从那里过，摘了一把野菜。倪依经常在这里摘野菜，她喜欢用玉米面做成馅饼。用焯菜的汁和面，那面和得绿莹莹。倪依做的玉米馅饼都像大个金元宝，用牙签画些图案，盛到盘子里，像摆拍的艺术品。这次是落落菜，下次是人揪菜。这些野菜过去都是喂猪喂兔子，现在成了餐桌

上的美味佳肴。那天玉米馅饼刚出锅，外面有
人敲门。开门一看，鲍局在外站着，一脸拘谨。
鲍局说我不进去，我就随便转转。怎么你住这
里？明知故问，倪依还是把他让了进来，给他
盛了个玉米馅饼。鲍局连着吃了三个。女儿呢？
住校。黄柏呢？值班。那你坐个安宁，最后一
口还没咽利落，鲍局简直算落荒而逃。"经常
看见你采野菜……没想到野菜这么好吃。"他
没说采野菜的倪依也是风景。办公楼的一扇窗
正好对着那块三角地，鲍局正经看见过倪依几
次，还拍过照片。这些倪依并不知情。倪依是
时尚女人，冬天也喜欢穿长毛裙。若是换作农
妇，场景该没那么动人。他搞摄影，眼里尽是
分寸。倪依在家里什么样，他有些好奇。那些
好奇根本挡不住，他想来就来了。站在三楼的
窗前，倪依贴着玻璃能看到那道角门，鲍局却
一直没有出现，想是他吃饱喝足转到别处去了。
难得看到鲍局局促的一面，他平时是一个品相
十足的人，严肃、严苛。有时会发无名火。绝
不和下属开玩笑。倪依对他很是敬畏，莫名的，

又有些吸引。转天，倪依查看墙上挂着的钥匙变了方位，就知道有人动过。那是第一次，鲍局为自己开了方便之门。

然后，倪依悄悄把钥匙收了起来。

她有时会希望鲍局问问那把钥匙。有次他看了眼那个位置，却什么也没有问。

倪依隐隐有些后悔，觉得自己做的事有些无厘头。

关于鲍局的事，外面如何沸沸扬扬，倪依一概不知。她把自己关在办公室，没事绝不出门。属于她的痛苦或悲伤的季节已经过去了，什么都有尽头，痛苦和悲伤也是。一秋一冬一春，倪依丢了那个挂件，也摘落了心上的鬼指根，滴血的地方结了痂。让身心恢复正常很重要，世界祥和，人民安居乐业，有关鲍局的牵挂变得若有若无。否则还能怎样！关于他的传说很多，被绑架，被警察秘密带走，有人在国外的赌场看见了他。还有更极端的说法，他带着女人私奔，在南方沿街乞讨……还有，他平时不苟言笑，脑子里却都是机关。利用值班的机会逃遁，布置假象迷惑组织……这一切都是因为什么呢？倪依长叹一口气，知道自己无法关心，也关心不了。她离他这样近，他却像个陌生人。她对组织就是这样说的。他的气息迷人，这话又说不出口。"你今晚做几个馅饼，我想吃。"他推开倪依办公室的门吩咐，就像说"你把这份文件起草下，我想看"。倪依赶忙站起身，他却匆匆走了。倪依有些不安，不知道他为什么想吃馅饼。街上有卖的，买两个送他再方便不过了……但倪依不会这样做。采野菜是一个复杂的过程，倪依明显比平时尽心，只掐最嫩的那一部分。回家紧张得就像打仗一样，唯恐送迟了耽搁他吃晚饭。倪依把馅饼送到他的办公室，他却不在。倪依惶惑地站了会儿，隐隐听见里间有哗啦啦的水响，那是花洒在淋浴。整个大楼空空荡荡。倪依心里一跳，没敢驻足，把馅饼放在桌子一角就匆匆逃了出来。倪依的后背一片湿凉，好像那些水都浇在了背上；又像刚从老虎笼子逃出，有一种劫后余生的侥幸。倪依对自己说，你明早来收盘子。

别忘了，你明早一定来收盘子。倪依头重脚轻走出行政楼，魂魄都不知飞去了哪里。她无数次想过回去，回去。她有理由。告诉他用了什么馅，放了哪些佐料。馅饼的模样稍微有一点丑，客气一下难道不是应该的吗？丢下盘子就走真的符合行为规范和礼节礼貌吗？所有的说服其实都无效，倪依知道自己不会回头。漆黑的夜，空荡荡的楼，散发着潮湿气息的鲍局，身上浸润了迷迭香，这都是危险！你没有能力承担全部后果，就不要企图稍越雷池！那天早上他迟迟不开门，倪依心慌意乱。倪依以为他在睡觉。他有时失眠得相当厉害，谁敲门都会挨骂。可组织部门有重要事情找他，所有的电话都打不通，甚至跟倪依发了脾气。倪依才有点慌，用备用钥匙开了门，百叶窗关得严丝合缝，桌上打开的文件和手机，手机开着震动。一杯冷茶，椅子上披着的外套，看起来没什么异样。可人呢？里间的床铺一丝褶皱也没有，就像从没有人躺过。洗手间洁净如初，花洒安静地悬垂，就像从没有过淋浴。关键是，那只盘子也不知去向，连同包装纸和塑料袋。倪依查看了下垃圾筐，里面空空如也。

鲍局就此失踪。倪依又气又恨。他吃了自己的馅饼都不知会一声。他就这样打发了她，连同她的希冀和情感——她有希冀和情感吗？这真是一个未知数，倪依自己其实也不是很清楚。断没想到他会把她从另一个旋涡里拉出来，那个旋涡能让她吐血。都是劫数。眼下，倪依会散淡地想起翟志刚的妈，那个翻鼻孔的女人。她开始述说往事时神情里有喜乐。这个年龄的女人，已经没有什么能成为心事了，往事除外。她不会想到她轻描淡写的述说带给别人的打击是毁灭性的。"现在孩子都大了吧？告诉你也没啥。"除了两只鼻孔，倪依对她没留下任何印象，仿佛那不是个立体的人。

小宋过来串门，随手就把房门掩上了。倪依困惑地看着他。小宋曾是鲍局的司机，公车取消后，小宋还是当司机备着，随时听候差遣。因为眼界太高，至今还是光棍一根。出事那晚他就住在一楼，却对鲍局的行踪一无所知。小宋每每想起就悔恨，觉得是自己失职。这机关没人能入他的眼，他就崇拜鲍局。当然倪依除外，他把倪依当姐姐。

"姐夫发的朋友圈救了公安局，也救了鲍局。否则鲍局还不知要被泼多少污水。姐夫人脉广，圈友居然有刑警。也难怪，刑警的孩子也上学嘛。"

倪依奇怪地看着他，不知他想表达什么。黄柏发朋友圈破案的事沸沸扬扬，但倪依从不想查看。

"有人说鲍局是抑郁症，自杀。姐你信吗？反正我不信。他除了吃安眠药，从没见他吃过抗抑郁的药……没有谁比我更清楚。每天都好好地上班，就那天抑郁了？鲍局也不一定是那晚出的事，他在办公室看文件，怎么会穿登山鞋？还有，他的车一直停放在车库里，是咋去的千佛寺？莫非是一路走着去的？"小宋拧着眉头，一脸沉重和愤懑。他不停地打着手势，似乎是想把心中的块垒掏出来。

倪依摆弄着一支笔，沉静得像座雕塑，她

不想说什么。有一段时间鲍局总在夜晚给她打电话，引得黄柏偷偷去打电话清单。关键是，鲍局的那些话都没什么特别，就好像他突然想起了什么，要与人分享，不分享下一刻就忘了。那些事都是童年或青年时候的往事，包括与女同学的初恋。她是盘锦人，因为大米不能离开家乡。"她不知道世界上还有很多东西比盘锦大米好吃，这就是认知吧。"他说。他散漫说话的时候并没有什么目的，说完了也不道再见，仿佛听他倾诉的是根电线杆子，他想说就说，不想说则不说。白天却没事人一样，从不带夜晚曾经交谈的痕迹。倪依仔细观察过，甚至觉得他应该就昨晚的话题做些解释。说真的，她有些受打扰。但没有。就像永远没有过昨晚。就像倪依真的是根电线杆子，与她说什么都是格式化。这让倪依多少有些不甘。不被尊重。或者……有一晚鲍局并不说话，他就在那端急促地呼吸。倪依从不问他有什么事，事实是，他当真什么事也没有。但有些信息倪依会捕捉到，比如，他很烦，话说出来没头没脑。或者有暧昧倾向，说带她去千佛寺，到那里扎帐篷过夜，里面安张充气床。让倪依心如鹿撞。但倪依很少说什么，她在他面前永远是下属，她告诉自己要本分。倪依只是偶尔应一声，告诉他自己在听。

假如那一刻真的来临，你会跟他去山顶去住帐篷吗？有个声音一直在问倪依，倪依回答得模棱两可。是不能拒绝不想拒绝还是不忍拒绝？天呀，你真的会跟一个男性领导单独去登山吗？这已经超出了正常的工作范畴了，出事情不是他的，是你的。

倪依甚至把这话写出来，提醒自己。

"你知道吗，鲍局的葬礼很冷清，只有他妈妈一个人。这是殡仪馆的哥们儿亲口对我说的，他妈妈是个了不起的人，自始至终都没有哭，而是在他身边念经。他老婆和孩子都没出现，这事新鲜吧？"

"他们都在国外。"倪依言不由衷。

"回来很难吗？"

倪依看着小宋，搓了搓自己的脸。她对鲍

局的家人一无所知。鲍局的母亲念经，这倒有点意外。有一次，有个衣着讲究的女人来送汤药，下楼的时候随便拽住了一个人，说告诉鲍普汤药饭前喝。这个人就是倪依，她刚从外边开会回来。倪依把信息转告给鲍局，鲍局沉着脸一声不吭。然后把那包汤药用报纸裹了裹，直接投进了垃圾筐。倪依想去捡，鲍局气咻咻地说："没事儿少找事儿。"倪依就把手缩了回来。倪依说："人家好心好意送药来，为啥糟蹋呢？"鲍局说："在她眼里别人都是病人——其实是她自己有病！"

倪依说："是您爱人？"这话出唇倪依很后悔。

鲍局皱着眉头看着窗外，没再理会倪依的话，但倪依看出了鲍局皱起的眉心里有份沉甸甸的认同。这是唯一的一次有关隐私的对话，鲍局家庭不幸福，倪依隐隐有些遗憾，还有些许安慰。她是正常女人，这没什么好解释的。小宋眼里汪了泪水，说鲍局可怜，死得不明不白。若不是什么动物扯下一只鞋子让姐夫发现，也许永远都不会有人发现他，最后，连骨头渣子都不会留下。"还是你们跟鲍局有缘分，姐夫的照片拍得那么清楚，听说公安局要表彰他。"

"别说了！"倪依突然喝了一声。

小宋吓了一跳。他手足无措地站起身，惊慌地往外走。他从没见过倪依这一面，面孔丧起来，眼泡和眼睑都是虚肿，像个煞神。

小宋走到门口，悠悠说了句："鲍局对咱不错，做人不能没有良心。"

六

黄柏似乎改变了生活节奏，他经常很晚才回来。过去他晚回来的时候也有，他应酬多。别小看一个教务主任，这确实是一个有能量的角色。过去黄柏话里话外露出过得意，让倪依嗤之以鼻。黄柏提回家来的礼物，倪依从来不看。黄柏总是讪讪的，跟她没话找话说。黄柏爱叨叨，只要见到倪依，大事小事从来都事无巨细，不管倪依爱不爱听。不知从哪天开始，黄柏晚回来，再不叨叨，或者只说一声："你怎么还不睡？"

倪依扔出一句："这才几点？"

不管几点，黄柏洗澡进小北屋。台灯浊黄的光线打在门板上，倪依欠起身子能看见黄柏的一只手，举着手机。小北屋的网络信号不好，他总要敞着门。黄柏是一个热爱手机的人，里面有他的寄托。

倪依希望他叨叨的时候黄柏却变成了哑巴。客厅的沙发总是空荡荡，尘埃长了翅膀在空中飞。他至少去了三次公安局，接电话的时候倪依都听到了。回家见了倪依，却跟没事人一样。倪依心里冷笑，猜度这是为什么。他怀疑自己和鲍局。他从来不明说，但他怀疑。不止打电话清单，有次倪依跟鲍局出差，他居然检查她的行李箱。就为了赌气，倪依戴了鲍局送的挂件。挂件随便包在一张餐巾纸里，就像刚从外面的小摊上买来的。鲍局只说了一句"适合你戴"。那可真是送得随意收得也随意。

倪依握在手里，就是握住一团餐巾纸的感觉。她回房间就戴上了。她不想他失望。回家坐黄柏对面，黄柏瞥了一眼，不问哪来的。什么也不问。黄柏是一个注意细节的人，倪依身上所有的细节都逃不过他的眼。越不问越戴。倪依颠着腿装悠闲，既负气又悲伤。黄柏哼了声，眼望别处。他心里有鬼！他一直在伪装！倪依总算明白了！厌恶很容易就能转化成仇恨，倪依揉着自己的腹部，那里充满了不良气体。"你跟鲍局到底有没有关系？"倪依问自己的时候有些心虚。她记得自己的暗暗希冀和心如鹿撞。如果鲍局不失踪，后来会不会就发生些什么？

倪依沮丧，摇了摇头。她觉得自己走不出那一步。她过不了自己那道关。她不会跟上司发生恋情。这会让她瞧不起自己。可生出的那些情愫算什么？千佛寺的那条横向草径，鬼指根像千尾羽箭洞穿了她。那些日子，想一想就心力交瘁啊。你渴望什么？现在想来是有冥冥之中这回事。原来鲍局就在千佛寺，躯体被蚂蚁蚕食。不行。倪依受不了了，她又要打摆子。她扯了条小被子裹住了自己，朝镜子瞥了一眼，她披散着头发，脸孔蜡黄，眼神惊恐而又绝望。鲍局永远看不见她这一面，他的眼里只能落下她的光鲜和优雅。即便他有再高档的镜头，又能看见什么！白天都忙，她和鲍局很少单独说上话。夜晚的电话粥甚至是倪依的期待，不管说什么，倪依都暗生喜欢。那低沉的磁性的声音，即使冷若冰霜，也能让倪依听出甘洌。还有那些玉米馅饼，倪依从摘菜到和面到下锅一条龙，唯恐火大了小了，火大焦煳，火小夹生，火候适中才能外焦里嫩。这又说明了什么？倪依指点着镜子中的自己，说那晚你虽然从鲍局的办公室里走了出来，可都想了些什么，难道你自己不知道？还是不能想。不知道那是最后一面。否则，是不是应该豁出去等他出来？你把鲍局当成什么人了！倪依大声说："你应该等鲍局出来，听他说点什么。也许，他就是想对你说点什么，让你送馅饼只是个借口——你让那个臆想出来的局面给吓跑了。你这个蠢货，为什么不等他出来！"
可是，鲍局说了什么就不会失踪吗？或者，他
会告诉你他想失踪吗？

不——可——能！

倪依"腾"地站起身，几步跨到了角落
里的衣架旁，从包里摸手机。她想看看黄柏的
朋友圈都发了些啥。关于那天，一只被动物咬
烂了的顶级登山鞋和密密麻麻的蚂蚁横穿石板
路，被不知多少人转发，早已传遍了埙城，没
看见的大概只有倪依一个人。我不怕！我有密
集恐惧症，可是我不怕！倪依哆嗦着翻手机，
却找不到黄柏。每天都有许多留言。她忘了黄
柏的昵称叫什么。平静下来想了想，记得是四
个字，第一个字是……远。对，是"远"。远
山如黛还是远山呼唤？调出"y"字头，却找
不到这个"远"字。无论如何也找不到。他肯
定换昵称了。倪依的每根头发都在往上竖，她
迅速退回来，地毯式搜索。他果真改了名字，
叫"达摩面壁"。

他把倪依屏蔽了。

倪依看不见他的朋友圈！

倪依一屁股坐了下来，慢慢往下溜，整个身体卡在了沙发和茶几中间。腿摆成"之"字形。她很难受，怎么那么难受！可她不想解救自己。她想一头撞死完了。黄柏原来一直在屏蔽自己，那昆种屈辱的来料和源泉，他原来一直这样恶劣地对待她！她不想流泪，她的泪囊已经空了。倪依止不住自嘲地笑了下。她想自己表面光鲜，人生却如此惨淡。一让再让，还是穷途末路。而这一切都源于那个可怕的夜晚，在水库大坝，一个不良之人吓破了她的胆。而这一切，不过是个阴谋！倪依挣扎着往起坐。她得干点什么。她必须得干点什么。门外有扭动锁孔的声音，玄关换拖鞋的声音。黄柏的半个身子出现了，他没少喝，脸红得透亮，换拖鞋时身体摇晃了一下。没容他站稳，一只玻璃杯呼啸着飞了过来，正好击在了他的耳轮上面一点。玻璃杯落地炸裂的声音堪比小炸弹，碎片惊叫着四处奔逃。

黄柏一声没吭就一头栽倒了。

七

"你怎么又来了，快去医院照顾黄柏。"

胖子沈局在爬楼梯的时候气喘吁吁，倪依站在高处等他："有点活没干完。"

"工作上的事不用太操心，永远没有干完的时候。什么重要，家人的健康重要。"

胖子沈局终于踏上了平坦的楼道，走到了倪依的前边，显得自信多了："医生说黄柏脑袋流了很多血。多危险，以后让他少喝点。"

听说黄柏住院，沈局第一时间去医院探望。这是他们第一次见面。两人谈了半天，话题却一直没有离开千佛山。完全可以有理由说，沈局是因为千佛山才去医院探望黄柏的。

倪依应了一声。喝多栽跟头的事，是黄柏自己说的。医生是他同学，奇怪地说缝合的伤口不像摔伤，倒像飞翔的利器擦皮而过。"再往下一点，碰到颈动脉，你小子就没命了。"

那是寸把长的血口子，汩汩往外流血的时

候倪依很冷酷。她拒绝对他施以援手，她就那样看着他，牙齿都是寒的。黄柏挣扎着用一条毛巾堵着伤口自己打车去了医院，顿了顿，倪依追了出去。医生给黄柏剃了阴阳头。倪依主张把头发剃光，被黄柏拒绝。

"我尝尝剃阴阳头的滋味。"黄柏当着医生的面开玩笑。

站在自己的办公室门前，倪依说："下午还有个材料……"

沈局说："我让别人弄。"

倪依开了门，没想到沈局跟了进去，坐在长沙发上，宽大的腹部折叠下来，像堆积的一团不明物质。倪依有点恍惚，过去鲍局进来也坐这里，但鲍局的身形像竹竿一样清瘦，腰背很直，从不弯腰的样儿。她坐在办公桌前的椅子上，看到的是他的侧脸，那只鼻子高耸笔挺，倪依经常把眼神打到那里，那是只悬胆鼻，葱白一样。倪依留意别人的鼻子就始于鲍局，一只好看的鼻子，是一张脸的体面。鲍局从不像沈局这样讲话，他会说："材料你把关，办公室主任就是干这个的。"倪依没坐自己办公桌前那把椅子，这是最起码的礼貌。沙发对面有把椅子，倪依落寞地走了过去。沈局把所有的手指都像顶牛一样支在一起，但中指弯曲下去，用肥厚的指背彼此顶住，真是个奇怪的造型。

"鲍局的那间暗房，听说你有钥匙？"

"您的办公室我也有钥匙。"

"但我没暗房。"

"您想说什么？"

"我没别的意思。"

顿了顿，沈局问："鲍局是个胆小的人？"

倪依摇了摇头，轻声说我不知道。

沈局说："我知道鲍局是摄影发烧友，那些镜头你看过吧？据说令人叹为观止。"

倪依说："我不懂。"

沈局说："有些长枪短炮，照相时听说要用另一个人专门摁快门。你说鲍局是什么意思，他总嫌世界看不清楚吗？"

倪依说："他大概想看清楚。"

沈局说："那是病！你知道他花了多少公

款吗？两千多万！"

倪依"噌"地站了起来，说这不可能！鲍局的工资都花在了兴趣爱好上，地球人都知道！他的生活很简朴，车改后普通干部都有买奥迪A6的，他只买了一辆小破车，八万块。这在行政局，大家有目共睹！

"这只是表象。你没见有个贪官整天骑自行车上班，却买套房子专门存放人民币。"

"这是两回事！"倪依语调激昂，有点不管不顾。

沈局摆了摆手，说你别激动。他有兴趣爱好不是一年两年的事。组织上查他也不是一天两天了，他肯定是有了察觉。大笔资金挪作他用，连防汛和春节慰问金都不放过，没有比他更能挖空心思的了。开始我也很吃惊，把行政局卖了都不见得值那么多钱，他从哪里抠了那么多！有一款镜头几百万，市场上根本买不到，商家只接受私人订单——这不是疯了吗？他要这样的镜头有啥用，难道想看人的五脏六腑？那，干脆买个X光呗！也不知他从哪打探来的消息，这样的镜头据说全国也没几个。什么事成痴成癖也不好，他虽然人不在了，但违法犯罪的事实抹杀不了。我们行政局跟着吃挂落，来年得过紧日子了。所以组织上要求以他的案例为镜为鉴，开展警示教育，那些个镜头真是害人害己。

倪依心乱如麻。那间暗室有三个陈列柜，很多镜头都没有启用过。事实是，鲍局很忙，用于摄影的时间很少。她曾经问过鲍局为什么喜欢收藏这些，鲍局说，人总得有点寄托。

只是，倪依从没把这些与违法犯罪联系起来，她不懂那些镜头的价值。她问，鲍局到底是怎么死的？公安局有结论吗？

沈局说，这正是我要告诉你的。他生前吞了大量安眠药，那些药在胃里打团，都还没怎么消化。显见得是一把吞服的，求死之心强烈。奇怪他选择了千佛寺一个隐蔽的山洞，是不想让人发现，这个好理解。不好理解的是，他随身带了一个包，包里装的不是镜头，而是一个蓝花盘子。公安局以为是文物，经鉴定，那只是普通的盘子——这又算什么癖好，你知道些情况吗？

倪依惊了一下，想说这盘子是我的，那晚我去给他送了两个野菜馅饼，没想到那天他就失踪了。她当然知道这话不能说，她不能给自己找麻烦，这样的麻烦承受不起。这个蓝花盘是成套买来的，有大有小，有深有浅。那是最大最深的一只盘子，有天倪依做饭，黄柏拿筷子拿碗，问了句："大盘子怎么少了一个？"

输了三天液，黄柏要求出院。他顶着一个阴阳头的脑袋很抢眼。他的医生同学姓郭，也是酒友。郭医生说，伤口边缘还有血肿，回家别洗澡，别做剧烈运动。郭医生挤了挤眼，神情甚是暧昧。倪依收拾东西，假装没看见，借故去了洗手间。洗手间就在病房里，倪依虚掩上了门，却把耳朵竖了起来。黄柏说，都是村里出来的，哪有那么娇气。郭医生小声说，你说实话，伤口究竟是怎么弄的？鬼都不会相信是摔的。黄柏也小声说，我不说，说了嫌丢人。郭医生说，你告诉我，我保证不说出去。黄柏

说，你发誓。郭医生说，说出去我下半辈子没
酒喝。黄柏笑了笑，说逗你玩呢，前两天摔了
个玻璃杯，正好栽在玻璃碴子上。郭医生说，
除非玻璃碴子能飞起来，这明显是击伤……而
且与速度有关。你以为切割和扎伤是一回事?
撒谎瞒不了明眼人。倪依想了想，走出去靠在
门框边上，冷着面孔说，是我用玻璃杯砸的，
他在微信上屏蔽了我。我一生气就把玻璃杯丢
了过去。郭医生尴尬地说，都怪我多嘴——倪
主任不会做那种事。黄柏屏蔽你也不会是故意
的，我知道你们俩的感情。倪依说，你不知道。
黄柏说，屏蔽一个人最少需要三个步骤，怎么
可能不故意?

　　倪依开车，黄柏坐副驾驶。车窗关得严严
实实，车里比坟墓都要安静，两人都捂了一身
汗。拐进小区，黄柏才想起开窗通风。大叶梧
桐招招摇摇，叶子圆阔碧绿，小马路遍布浓荫。
黄柏首先打破沉默。黄柏说：“我不怪你，我
是自找的。我们走到今天，责任在我，所以你
如果想离婚，我同意。”倪依一下捂住嘴，哭

声从指缝漾了出来："这些话，你为什么不早说？"黄柏抹了一把脸，汗水和泪水都黏糊糊的："现在说，我仍然心如刀绞。倪依，我知道你看不上我，可我舍不得你。"这话说出，黄柏哭了。倪依泊好车，却没有熄火，发动机仍在突突响。倪依说，我经常想这样一脚油门踩下去。黄柏说，你如果现在想踩，我不反对。倪依嚷："你凭什么那么对我！葬送了我一辈子的幸福，你说，你凭什么？！"

黄柏说："年轻的时候傻，做了傻事。那天去千佛寺，我一眼就看见了翟志刚的妈，所以没敢进那个屋子。我希望她没看见我，或者没认出我，可我也知道这不可能，我去他们家的次数太多了，饭都吃过不知多少次。我又寄希望于她忘了那些往事，或者忘了跟你提起。我在外面踌躇半天，想喊你出来。最后还是说服了自己。我想，听天由命吧。这种时候就该听天由命。该你知道的事，你迟早会知道。但我也一直心存侥幸，你跟她毕竟不认识……看见你站在小路中间的样子，我就知道完了。那天你周身冒着寒气，像在太阳底下裹了一层霜雪。知道我为什么提着一只鞋子下山吗？当时那只鞋子爬满了蚂蚁，我费了好大的劲才清理干净。我就是想提给你看，化解和你之间可能有的尴尬，转移一下注意力……在提与不提之间，我犹豫了半天，那样一只来路不明的鞋子，我心里也有忌惮。最后还是想试一试，这万一成为一个话题呢。所以你就知道我提着鞋子下山该有多忐忑，没想到那鞋子是鲍普的……倪依，凡事自有天注定，这不是天意是什么？好吧，我认了。只是有些事情我想告诉你。当年追你追得辛苦，但我从没想伤害你，计谋是翟志刚出的……我知道现在这样说有失厚道，可确实是他想出来的法子。不过我们有言在先，那就是吓唬你一下，但不能碰到你。那晚的事情无需我说，是你一辈子的梦魇。他不单下手，还下口。就因为他不信守承诺，我一辈子都不原谅他，当然，也一辈子都不原谅自己。"

黄柏垂下头，脑袋上醒目地打着"井"字结。纱布包头勒出的印子还在，倪依突然想，那一只杯子砸过去，万一砸死了黄柏，眼下会是什么局面？

倪依哆嗦了一下，身上起了一层冷痱子。

黄柏又说："再就是微信这件事。我知道你不关心我都发些什么，你从来都不关心我。某天你突然想看，无非是想知道有关鲍普的信息。可我的微信里没有这些内容，屏蔽你是突然想起你的密集恐惧症，还是从千佛寺下来时候的事，我发了几张有关蚂蚁的图片。那些蚂蚁，都是长着翅膀的大个飞蚁，你不知道有多恐怖，把一条路都挤满了。它们有去有回，就像赶赴一个集会。我九张连环拍都是那个场景，大好的风光，被这些蚂蚁弄得七荤八素。我就是怕你万一看见它们坏了心情，才把你屏蔽了。还是那句话，我知道你从不关心我的朋友圈，我就是怕你一不留神看见，我没别的意思。倪依，事情没你想的那么复杂，屏蔽你说明不了什么。如果你想知道有关鲍普的信息，那么我现在可以告诉你，公安从他的抽屉里搜出来许多抗抑郁的药，他是严格意义上的抑郁症患者。

专家有种说法，他疯狂购物也是抑郁的表现之一，只是，你离他那样近，反而是雾里看花。社会上有许多关于他的传闻，可惜传不到你的耳朵里，你也从不给我机会说说他。倪依，你这辈子活得委屈，我知道，说一百遍对不起也没用。这件事你不要有负担，选择权和决定权都交给你，以后愿意怎么办，你说了算……"

有邻居从车前过，两人都微笑着打了招呼。邻居窝着身子往车里看，说黄柏怎么受伤了？难怪这两天没见你。黄柏只得下了车，接过邻居递过来的一支烟，看了眼倪依，从嘴边拿了下来，在手里捻了捻。黄柏说自己喝酒没出息，摔成了这样。邻居说，倪依怎么像哭过的？又看了眼黄柏脑袋上的伤，说没事儿吧？以后别喝了，别让倪依担心。黄柏应了声，邻居满意地走了。

八

警示教育基地安排在了行政局。有一排房

子一直空置，过去是想做健身房和餐厅包房，八项规定出台，这些事情搁浅了。大圆桌子上都是灰尘，雕花椅子摆得七零八落，各个蓬头垢面。埙城不大，各类贪官却不少，但像鲍普这样典型和神秘的不多，因为，人家都还好好活着，等候组织处理。解说词落到了倪依的头上，沈局说，宣传部弄了几稿，都没过关。主要领导说，鲍普是个很特殊的人物，要写出立体感，最好请熟悉他的人执笔。会议室里坐满了人，倪依坐在椅子上，满脸怆然。会议由胖子沈局主持，开门见山地说，这次会议就是为了整鲍普的材料，希望大家知无不言。这种发动群众的会已经是最后一个环节，之前若干个小范围或个别人的座谈已经进行了多轮，倪依一直是参与者和记录者。财务、人事、行政、后勤都各有说法，倪依很奇怪，对鲍普的民怨忽然有沸腾之势，过去却一点看不出。只有小宋紧咬牙关，什么也不肯说。公开场合大家还是拘谨，小宋却站了起来。倪依惊讶地看着他，猜度他会说些什么。

　　小宋面无表情，举着指头说，我说三件事。第一，北京一家酒店有鲍普的包房，那里曾经有个小姐等着他。第二，威海他有个干女儿，比他的儿子大六岁半。第三……小宋看看左右，突然说，我不在这里说，我要跟领导单独谈。

　　下班的时候，倪依故意敞着门，截住了路过的小宋。倪依逼视着他，说你要对自己说的话负责任。我最后一次问你，你说的那些，到底是真的还是假的？

　　小宋挑衅地看着她，嘲讽说："你希望是真的还是假的？"

　　倪依憋了一口气，决意不跟他计较。倪依问："你说的第三点指的是什么？"

　　小宋突然居高临下地笑了。他在倪依的肩上戳了一指头，开心地说："你放心，与倪主任无关。"

　　黄柏连续多天没回家，倪依心里隐隐地不安。倪依使劲想，居然想不起黄柏最后一次回家是哪一天。自从警示教育基地开始对外展出，每天都要接待十几、二十几批次参观的人。有的单位是上班前组织大家来，有的单位是下班后来，倪依每天忙得焦头烂额，像刚放手的陀螺，没有停歇的迹象。解说词她按照自己了解的本来面目写，原想只是交差，却博得了满堂彩。她对自己说，什么叫身不由己，这就是身不由己。可只有这种身不由己的状态，她才舒展些，好受些，她才会忘了一些事情和自己。办公室新来的大学生成了讲解员，一个劲地夸倪主任的解说词写得好，讲起来朗朗上口。能说清楚的地方明明白白，说不清楚的地方也不回避，呈现的是一个客观、真实、立体的形象。鲍局不是坏人，他只是一不小心走错了路。

倪依含笑看着这张充满了胶原蛋白的脸，在心底的苦涩中，勉强接受了奉承。

警示墙上的照片是网上截图，鲍局正在会上讲话。穿淡蓝色的短袖衫，微微皱着眉头，如果细看，能看出他眼底深处的游移和厌倦。当然，也只有倪依看得出。他是一个容易厌倦和犹疑的人，所以在人群中显得卓尔不群。下面就是那些大小镜头的图片，最大的一个镜头居然像榴弹炮，颜色也是绿莹莹。想到这样一个家伙居然价值几百万，从遥远的德国邮寄过来，倪依心都是疼的。她的概念里，有几万，十几万。几十万已经担当不起。如果当时知道价格这样昂贵，倪依会被吓晕的。

所以，倪依写解说词时，慢慢剥离了自己对这件事的情绪，也缓解了内心深处的隐痛。她想，她一点不了解他。再往深处想，她就笑得特别酸楚。眼泪溅出眼眶，把桌面上的玻璃板砸出坑来。她除了办理他交办的事务，其他一无所知。有时他频繁地以各种名目往外跑，倪依兢兢业业地替他开会，替他接待，替他处理应急事务和各种文件，该请示的，该传达的，该存档的，她就是他的眼睛和耳朵。他是有些魅惑的，倪依恨不得替他分担所有。还多亏自己守着底线，否则，现在情何以堪。

倪依不再难受，取而代之的是一种劫后余生的庆幸。

埙城几十家行政事业机关和百余家企业，走马灯似的过了一遍，行政局的院子里终于清静了。展厅的门上了锁，大学生讲解员也回到了自己的岗位上。大家绷紧的神经松弛了，过去这段，天天擦楼道，扫院子，甬路两侧摆了许多百日红。大家一放松，好多花就渴死了。小花盆扔进了垃圾箱，鲍局的脸上蒙了灰尘，眼里的游移和忧虑更深了。

终于可以休一天假。夏天来了，许多野菜就老了。但倪依还是采了一些，放到锅里煮，捞出来放到冷水里浸，忙活这些事，过去有种仪式感，而现在，却似在参禅礼佛，有些宁静致远。野菜绿得深厚，切碎拍些大蒜放进去，味道能让嘴里生津。她喜欢吃，而且吃得特别安慰。尤其是，她已经许久没做了，都有了思念的成分。可她的眉头一刻也没有舒展。她依然不明白他临走之前何以让她送两个馅饼。他是真的想吃，还是只吃个形式。他到底在想些什么，带走那只盘子是什么意思？或者，只能说，他是个病人。一切都从病人的角度去理解，这样就不会不可理喻。想不通的事情，就越发愿意想，就像遭遇了鬼打墙，能把人逼疯。好在倪依已经平和了，经过这样多的波折，她的感觉钝了，也能客观地反思走过的那几年，由鲍局，到黄柏，到行政局，到那道角门，倪依发现自己的感觉和取向出现了偏差，很多时候出现了本末倒置。

忽略了不该忽略的，却看重了不该看重的。

待馅饼从锅里铲出来，倪依发现碗架上的盘碗都是淡粉色，过去那套蓝花盘碗已不知去向。关键是，倪依不知道那些蓝花盘碗是什么时候被取代的。是最近还是早些时候。她生活里的谜团未免太多了。但无论如何，肯定与遗失的那个大个盘子有关。黄柏那段时间频繁出入公安局，见过那盘子的概率应该是百分之百。只是不知道他是如何应对的。黄柏此举是让她遗忘，还是意在提醒，总之她生出了些愧疚。想到黄柏面对那只盘子的复杂心绪，她竟觉出了难以面对。

人生都没有回头路可走。

车里拉了桶装水去瓦岔庄，是她边吃饭时

边做出的决定。女儿黄各留言说，今年暑假她准备跟同学去甘肃做义工，问她是否同意。如果同意，请支持路费。如果不同意，也请支持路费。倪依有了无名火，说那里环境艰苦，为什么不回家好好休息？女儿说，家里环境也艰苦，你成日在外忙，回家连话都懒得说。我爸这个暑假也忙，听说要搞现代化教育试点……新官上任三把火，他不能烧得无声无息。倪依说，他哪来的新官上任？女儿说，妈你就凹凸吧，连我爸当校长了都不知道。倪依沉默了。女儿说，我奶奶怎么样？你也好歹去看看。女儿的语气里充满了不太平，倪依脸色灰暗，内心九曲回肠。面对世事洞明的女儿，她经常觉得心有惴惴。

女儿从小就是个小间谍，能看穿很多事物的表象。所以早熟得有些不像话，这也是倪依格外警惕的原因。去瓦岔庄的路，有一段是堤坝的土疙瘩路，这是大洼深处的一个小村庄，到处都是盐碱地，路两旁的树灰头土脸，像干柴棒一样。黄柏在这片土地里长出来，格外不容易。堤坝下是座小土桥，通向一座叫小路庄的村子。倪依现在知道了，那个村子有个叫翟志刚的人，是黄柏的高中同学。很多年前两人在浊黄的灯光下密谋，居然与自己有关。她没见过翟志刚本人，想必也跟他妈妈一样，长了个翻鼻孔和刷子一样的短睫毛。那种想杀人的心隐去了，眼下的倪依很平和，她相信了黄柏说的话。不管过去还是现在，黄柏都不会有伤害她的想法，往嘴里揉沙土，在胸脯上留齿痕，都不可能是黄柏的主意。她遥遥打量了那个村庄一眼，没有再看第二眼。脚下一踩油门，车子嗡嗡地朝前驶去。

公公前两年去世了，婆婆也已是风烛残年。倪依在院门口停好车子，就看见人影一闪，堂屋的两扇门关上了。倪依心里咯噔一下，这是吃闭门羹了？一手摁着车子的后备厢，倪依自己给自己运气。脑子里是女儿不满的声音：妈妈，给姥姥家买的油跟给奶奶家买的油不是一个牌子，差了很多钱，这是为什么？黄柏赶忙说，吃起来它们没分别。女儿坚持说，妈妈你回答。倪依说，它们都是油。女儿说，它们差了很多钱，给奶奶家买的油太便宜了，像水一样！

黄各那年读初一。这样差别明显的事，以后再没发生过。

倪依提着桶水进院子，堂屋的门适时地开了。老人花儿一样的笑脸映出来，嘴里说，我家倪依来了，我家倪依来了。老人让倪依把水放在堂屋，倪依坚持搬进卧室。饮水机上披着一件外套，一看就是好歹挂上去的，两个肩膀成一条斜线。倪依抻开一看就明白了，水是新换的。

"黄柏昨儿打这儿路过放下的。"老人看着倪依，眼神闪烁，话说得怯生生。

倪依说："我知道。我也是打这里路过，顺便捎来两桶，您淘米也可以用。"

"不敢那么浪费。你们大老远地送过来，这是金水啊！"

老人不知怎样表达感激才好，但也有隐忧，两个人送水互不沟通，这也是大事。虽然倪依一再遮掩，可哪瞒得了老人的眼。她翻来覆去为黄柏道歉，说男人心粗，如果做了不好的事，让倪依多担待。

　　同以往一样，略在炕沿上坐一坐，只是出于礼貌。倪依起身告辞。下一站，她要回家看父亲，两座村庄并不远，但隔着一条河，是不一样的风景。婆婆像以往一样把她送到村外，只是她走得越来越慢，越来越慢。倪依不得不踩住刹车等她。她脸上的笑容越来越无助，越来越无奈，像风干的一张皮挂在脸上。在亲人中，如果说谁没给过倪依伤害，大概就是这个老人了。倪依停好车，下来了。老人赶紧加快了脚步，轰她说，快上车，快上车。倪依站定等她走近，说把这些水喝完，我们就不来送了。老人一下愣住了，朝前倒腾了半步，不再敢往前走。脸上错愕的神情惊慌而又忐忑。倪依说，我们不来送了，您跟我们进城。说完，倪依转身上了车。这话说出来需要勇气，但终于说出来了。老人像根干柴竖在马路中间，手扬起来，一上一下地晃。晃两下抹抹眼睛，像是

被风沙迷住了。自打结婚，倪依从来没在这个
家里留宿过，总是仓促吃口饭就赴娘家，她跟
这个家庭从来也没真正建立起感情。黄柏总是
隐忍。现在知道了，黄柏终生都在为年轻时的
过错买单，那只玻璃杯丢过去，就把往事一笔
勾销了，倪依心有不甘，但又儿可奈何。

生活就是这样。你还能要求生活怎样呢？

桑葚就要熟了，有些酸酸甜甜的很可口。
父亲坐在桑树下，像入定的老僧一样。年轻时
咳血的毛病彻底好了，不知是不是这些桑叶的
功劳。嫂子在搬后备厢里的东西，一边搬一边
查看商标。嫂子是一个胃口大的人，所以倪依
回娘家从来不敢马虎。园子里有三棵桑树，倪
依从桑树中穿过来，也在板凳上坐下了，就在
父亲的对面。父亲睁开眉眼问："你是谁？"
倪依不答，往父亲的跟前移了移。父亲说："是
倪依啊，黄柏咋没来？"倪依说："刚才您做
梦了吧，梦见了啥？"父亲说，他很久不做梦
了。"我没事儿，你该干啥干啥，别耽误工作。"
当年他拉着母亲穿越半个城市找到学校，让校

长劝劝倪依："这么大的中国还搁不下你，你对得起组织的培养吗？"现在他小脑萎缩，大概忘了还有组织这回事。当年如果能一走了之，眼下会是什么局面？可惜人生不能假设。你迈进一条河里，就只能依惯性和规律在这条河里游弋。说到底，一切都是自己的选择。很多事情看似偶然，其实都有迹可循。但有一点可以肯定，当年父母心心念念地留住倪依，是想自己有靠。而现在，母亲去世，父亲大概连靠谁的想法都没有了。

吃了晚饭，倪依去公园转了转。许久许久，她都没有这样闲适了。傍晚落了些小雨，空气里是一种潮湿的尘埃的气味。从小区大门口出去，倪依傍着路边的香花槐一直往东走，不知不觉就出了城。实验中学的大楼在夜色中格外醒目，身上披了许多霓虹灯。倪依在这里工作的时候，学校还只是几排小平房，她和黄柏住在靠前的两间屋子，里间是卧室兼客厅，外面是餐厅兼厨房。每家都有一个方方正正的院子，别人家种菜，倪依养野菜。倪依不是想与众不同，而是想与黄柏的想法相左。所谓格格不入这样的成语就是为倪依的婚姻打造的，外人看着他们一切都好，只有他们自己知道，两人有多隔膜。

倪依做馅饼的手艺就是那时练就的，不再练习英语，大片的时间无法打发。倪依就是想做成一件事，因为她以前总也包不好一个馅饼。面软了硬了，水热了凉了。馅饼烙熟以后会裂缝，汤汁油汁全漏出来，或者薄厚不均匀，家属院的人都吃过她的半成品。倪依赌气地想，哪天老师当腻了就辞职，到街上去卖馅饼。

站在实验中学的大门前，倪依心跳了。那幢大楼伟岸卓越，是这座城市最好的建筑之一。她当然是有备而来，所以没有从那里无动于衷地路过，而是横穿马路来到了大门口。黄柏已经很久不回家了。栗色的角门有一道缝隙，倪依推了推，里面是锁着的。倪依敲了半天门，下手的劲越来越大，敲得指骨节都是痛的。一个老者不徐不疾地走过来，隔着门缝问她找谁。倪依想了想，转身走了。这个时候的辛酸才是真的心酸，有夜色遮掩，倪依抽泣了两声。

　　倪依不知道，校长黄柏的桌子上有监视器，她的一举一动黄柏都看在了眼里。

九

　　下班在楼下遇见了隔壁的邻居，邻居说，听说你也升职了，你们的运气怎么那么好，介绍一下经验呗。倪依能做副处长，胖子沈局有多一半的功劳。他说他走过的地方也不少，没见过像倪依这样的女人，工作勤勉又尽职尽责，眼里只有工作。胖子沈局是厚道人，他觉得倪依也是厚道人。"就不该让肯干活的老实人吃亏。"他在会上公开这样说，私心里却想表现自己有格局，都说新人不理旧人，做一把手不能那样狭隘。升职的好处就是，没有过去那么忙了，很多事情只需动动嘴。"黄柏还没下班？你们应该好好请请邻居，让大家沾沾喜气。"两人前后脚走进楼道，邻居想进门，被倪依拦住了。倪依给黄柏打电话，那边接通，倪依突然有些开不得口，眼里都是泪。黄柏一迭声地问，咋了咋了？邻居有些莫名其妙，伸过脖子说，我这是说着玩呢，黄柏，你忙你的，咱们有时间再聚。倪依这才转述了邻居的话，说大家想一起喝一杯。黄柏赶忙说，我这就回去。他从学校食堂兜了些熟食回来，又从附近饭店叫了菜，楼上楼下的邻居都喊了过来，坐了满满一大桌。一场酒喝得翻天覆地。邻居们都交口称赞，说从来听不见黄柏和倪依吵嘴。男人说，天底下像倪依这样温柔的女人都少，黄柏真是好福气。女人说，你们听到过黄柏大声和倪依说过话吗？人家那才叫夫妻，相敬如宾。黄柏和倪依对视了一眼，脸上都现出了潮红。当然，邻居们都觉得他们这是喝酒喝出来的。黄柏手舞足蹈着送走客人，主动躺到了主卧的床上，他们已经分居多年了。

　　盘碗摞进洗碗池，倪依也躺在了床上，她知道黄柏在等她。借着酒意，倪依下决心谈透所有的事情，再不想背负什么。那种沉重经常压得她透不过气来。寻常人的寻常生活，不该背负那么沉重的过往。那种背负既无意思也无意义。过去的都过去吧！她用淡淡的语气说："你不用怀疑我，我和鲍局没什么。"

黄柏双手垫在后脑勺下，用更淡的语气说："我知道。"

倪依看了他一眼。

黄柏拍了拍她的手臂，说："我相信你。你不是那样的人。"

"我不是哪样的人？"倪依心里嘀咕，"你拉电话清单的时候会这样想吗？"当然，倪依不会说出来。她不能煞风景。倪依很庆幸丢了那个挂件。她也确实需要重新整理自己。

"那道角门……"倪依知道很多人眼里都有那道门，这样堂而皇之的事也只有鲍普干得出来。现在知道了，他是病人。

"不说了，我从没见你从那里出入过。你心里有分寸。"

还有什么可说的。

皮肤与皮肤接触就容易产生静电。开始是小面积摩擦，然后就开始走火。黑暗中的纠缠充满了汗腥和黏稠，两个人都觉得那种感觉很陌生。倪依这才发现，自己有多么焦渴。她不时能望见一些场景，在宇宙苍穹的浩瀚星河中，电光石火一样飞翔着一些物质，一些要素和原件聚集在她这个不会发光的球体周围，它们合起力来推动她，不惜付出生命的代价，让她与另一个球体重合、摩擦、碰撞。是不是这样？不是的，不是的，这一切都是巧合。他们经过了怎样的惊涛骇浪啊！好在抵达了，终于抵达了。他们没错失彼此。这样吧，就这样吧！倪依一直在无声地流泪，很难说眼泪意味着什么，那就什么也不意味吧！

进山的那条路，总有一种神秘的吸引。天气转凉，倪依经常会想重走一次，对以往是个交代。或者，也不是交代。再走一次，看还能发生什么。倪依这样想，是因为心底轻松。她终于做了个轻松的人。倪依觉得，自己已然脱胎换骨，心如清风明月那般澄澈。还有，她有点想念张居士。她曾经挡在倪依和王居士中间，隔开了两人的唇枪舌剑。她的悬胆鼻面向倪依，让倪依有扎进她怀里的冲动。想法林林总总，愿望若有若无，车停北山坡下，倪依紧了紧鞋带，上山了。再次走，其实有点犯怵了。夏天雨水多，草木格外繁茂。倪依要仔细分辨，才恍惚记得无数条"丫"字小路通向哪里。空气中发散着青草味、苔藓味、腐烂的蘑菇味和树木杂七杂八的各种气息。它们通通都长了年轮，只是肉眼看不到。倪依想，眼下我是活着的，而去年这个时候，哀莫大于心死。所以才渴望能有千尾羽箭洞穿身体。那种感觉真他妈痛苦。是什么拯救了我？肯定是冥冥之中有一股力量，那种力量倪依自己不想解释清楚，因为解释不清楚。那是一股神秘的力量，拯救她于万劫不复。那种感觉能让她心惊，但也感激涕零。倪依小心地避让酸枣棵子，从湿滑的地衣上迈了过去。有鸟儿清脆的叫声。野鸡扑棱着翅膀，在林间闪转腾挪。冷不丁就会有一朵艳丽的花撞入眼睛，妖娆得像个暗示。粉红的、嫣紫的、鹅黄的，叫不上名字，它们活得寂寞，可也活得热烈啊！寂寞而热烈，这感觉蛮好的。没想到很快就到了山顶，望得见山下那条横向草径，那道河谷，那两棵像点样子的树，一棵榆树，一棵五角枫，不动声色镶嵌在石缝里，叶子融入了周围的碧绿中，像个隐喻。眼下还望不见千佛寺的那幢房子，它们被高大的古树遮住了。它们当然是被遮住了，而不是像表象那样不存在。倪依在杂树的空隙找到了下山的路。松树、柏树、玻璃树、鹅耳枥树，都长在阴面的山坡。阳面的山坡则尽是野葡萄藤、酸枣棵子、荆树梢子和灰灰菜，灰灰菜也就是传说中的鬼指根。时令明显比第一次早，因为鬼指根还绿着。尽管虎视眈眈，却没能弹发出羽箭。也许，它们心中也有了忌惮。这真是一件好笑的事。倪依想，躺枪的事也不是那么容易发生的——除非你给它时间，还有机遇。

穿过横向草径，倪依坐到了大殿废弃的花岗岩石阶上。风飒飒吹过，掀动着一些浩渺的思绪，像烟雾一样难以聚拢，它们就那样泛泛地飘，指向不明。张居士携着一捆柴走过来时，倪依还以为自己出现了幻觉——怎么那么巧，她又出现了。她揉了揉眼睛，氤氲着水汽的光色中，确实有人负薪而来。倪依暗暗生出了笑，早早拿出了那个纸条，上写：张居士去城里买火烛，傍晚回。纸条夹在常用的一个本子里，总能翻见。来还纸条像当初拿走时一样可笑，但对于倪依来说，这是一件有意思的事。张居士把柴放到地基上，郑重接过了，就像理所当然，丝毫也没有见了倪依的惊喜，或者，她觉得倪依就应该等在这里，她早料到了。接着，她摸自己的衣兜，一个帕子打开，她拎起条棕绳，是当初倪依丢弃的挂件。"这种奇楠沉香的老料很稀有，放到水里就下沉，你没试过？"那时她这样说。

"一片万钱。"

倪依心里"咚"地一撞，眼前便有些倾斜。一些混合了焦苦味道的感觉瞬间弥漫了口腔，倪依不知所措。眼前的人耷着眼皮，注意力在那尊菩萨上，眼神像花儿慢慢盛开，内里都是情愫。菩萨略微一侧身，倪依看见了上扬的嘴角，似是有话，却从张居士嘴里说了出来："别人请都请不到，你怎么还……丢了呢？""还"字磕绊了一下，嘴唇在不经意地抖，她皱起了眉心。

倪依惶恐得像个做了错事的孩子，却挡不住心底的好奇："怎么在您手里？"问完心下一片寥落。

"即便是别人送的，也该用心收着。"她说。

"不是……"倪依舌头打结，慌忙中不知怎样解释才好。不是送的，抑或不是丢的？都说不出口。

她抖了抖，用两手挣开，给倪依挂在脖子上，又用掌心抚了下菩萨的脸："当初它值得挂在这里，现在也值得。你不要心有挂碍。既然收下了，就不要丢掉。既然想丢掉，当初就不该收下。你说呢？"

倪依张口结舌。张居士把头埋在倪依的胸前，她的脸跟菩萨的脸离得很近，像是彼此确认和辨认。倪依看见的是她长着柔软头发的后脑，那些头发似乎更白了。

"您都知道什么？"倪依轻声问，似乎怕惊扰了她。

"我是觉得可惜。"她语气平淡，"遇到这样好的东西是福气，人得对得起自己。"她去抱那捆柴，嘴里说："菩萨没有错，他不该遭人遗弃。"这话有点重，倪依听出了话外之音。她蹒跚朝瓦屋方向走，说："我要去念经了。"

倪依就像遭了雷击，眼前一片迷蒙。她想起了小宋的话，说鲍局的妈妈是个了不起的人，自始至终都没有哭，而是在他身旁念经。那只悬胆鼻就像灵光乍现，敷住了也生着悬胆鼻的另一张脸孔。

"阿姨！"倪依失声地叫。

"请叫我张居士。"她没再回头。

十

一场山雨突兀而至，瞬间就把衣服打湿了。初秋的雨水有点凉，但很适合涤荡。倪依在风中佯装狂舞，像眼前的那些树木。旋转时，棕绳荡了起来，倪依才想起胸前有菩萨。她握在手里，脸朝向天，任由雨水泼洒。风雨也有累了的时候，间歇，倪依耳边传来了木鱼声和诵经的声音。她目测一下距离，要说绝无可能听到，但倪依就是觉得自己听到了。

若生众心。忆佛念佛。现前当来。必定见佛……

心是什么，心在哪里？

倪依没有告诉张居士，她也在读《楞严经》。那么长的经文，世尊只在开端问了阿难一句话：心在哪里？并没有问他心是什么。心是什么阿难不会知道，倪依就更不知道。这一桩事情在佛法里面叫深密，而非秘密。太深了。不是凡人能够了悟，所以称之深密。

你以为你有一颗心，你其实不知道心是什么。

云朵裂开了一条缝，一束光倏地刺下来，止住了树木狂舞。倪依也收了神通，湿衣贴在身上，有些凉，但倪依不觉得。不远处有个土坡，倪依搭一眼，就听到了黄柏的声音："瞧啊，这里有块石碑！"他像小孩子一样雀跃，摘了眼镜远看近看，模糊的地方用手去摩挲。然后，又拿出了湿纸巾，从上到下清理尘埃。"草、隶、篆，三种书法形式同时出现在一块碑上。千像祐唐寺创建……天啊，这是块唐碑！"

湿纸巾跟地皮一个颜色，但团在一起，还是当初丢下时的位置。石碑被雨水冲洗得一尘不染，倪依围着转，背面，是一个大大的"佛"字。不是颜体也不是隶书，边角笔画都圆润，像一张佛的脸。倪依伸手去摸，内心生出温润的暖意。

身上不湿的东西只有一包纸巾。倪依抽出来擦手擦脸擦手机，然后给那个"佛"字拍了一张照片，传给了黄柏。

图书在版编目(CIP)数据

那一天 /尹学芸著. — 福州:海峡文艺出版社，
2024.6
（独角马中篇轻读文库）
ISBN 978-7-5550-3753-8

Ⅰ.I247.5

中国国家版本馆 CIP 数据核字第 2024SW1321 号

那一天

尹学芸　著

出 版 人	林　滨
责任编辑	陈　瑾
特约编辑	林丹萍
出版发行	海峡文艺出版社
社　　址	福州市东水路 76 号 14 层
发 行 部	0591－87536797
印　　刷	福建新华联合印务集团有限公司
厂　　址	福州市晋安区福兴大道 42 号
开　　本	787 毫米×1092 毫米　1/32
字　　数	94 千字
印　　张	7.5
版　　次	2024 年 6 月第 1 版
印　　次	2024 年 6 月第 1 次印刷
书　　号	ISBN 978-7-5550-3753-8
定　　价	28.00 元

如发现印装质量问题,请寄承印厂调换

遭遇"王六郎"　　　　　　　　梁晓声

未未　　　　　　　　　　　　张抗抗

我本善良　　　　　　　　　　王祥夫

在传说中　　　　　　　　　　蒋　韵

那一天　　　　　　　　　　　尹学芸

与永莉有关的七个名词　　　　张　楚

歧园　　　　　　　　　　　　沈　念

天体之诗　　　　　　　　　　孙　频

乌云之光　　　　　　　　　　林　森

暖阳和他的花雕马　　　　　　肖　睿

此处有疑问　　　　　　　　　杨少衡

仰头一看　　　　　　　　　　林那北

身体是记仇的　　　　　　　　须一瓜

风随着意思吹　　　　　　　　北　村

角斗士　　　　　　　　　　　李师江